라이징
4학년

글

*

김혜진
이재문
문이소
이나영
채은하

그림

*

메

위즈덤하우스

차 례

사람을
찾습니다

김혜진

가방 🐸 을 찾아 준
고마운 언니 아니면
오빠를 찾습니다!
2학년 1반 서한결에게
오세요.

"박채이, 이거 봤어? 내 동생이 붙인 거야."

서한빛이 게시판 한가운데 붙은 큰 종이를 가리켰다.

내용은 간단하지만 글자가 커서 게시판에 붙은 여러 종이들 사이에서도 눈에 잘 띄었다. 스케치북에서 뜯어 낸 자국이 고스란히 남은 걸 보니 급하게 만들었나 보다. 그래도 글자 하나하나 다른 색깔로 쓸 정도로 정성을 들였고.

"아침에 봤어. 어쩐지, 너랑 이름이 비슷하더라. 근데 뭘 찾아 줬다는 거야? 찰흙?"

"아니, 가방이야. 옆으로 메는 거. 거기 가방이라고도 썼는데."

노란 덩어리 옆에 '가방'이라는 작은 두 글자가 보였다. 설명을 쓰길 잘했다. '가방'이라는 말이 없었으면 아무도 저 그림을 가방이라고 생각 안 했을 것 같다.

"이영빈, 너도 봤지?"

서한빛이 묻자 내 옆에 서 있던 이영빈이 어깨를 으쓱 올렸다. 말 한마디 안 했지만 이영빈 전문가인 나로서는 그게 무슨 뜻인지 딱 알 수 있다. '봤긴 봤지만 그게 나랑 무슨 상관?' 이런 느낌이다.

"박채이, 이거나 붙이고 가자."

이영빈이 내게 종이를 들어 보였다. 맞다, 우리도 지금 게시판에 뭘 붙이러 온 거다.

1층 중앙 현관 게시판에는 주로 불조심 포스터나 학교 소식 같은 게 붙지만 학생들도 글이나 그림을 붙일 수 있다. 잃어버린 물건을 찾거나 동아리 회원을 모집하는 글도 있고, 학급 신문도 있다. 가끔은 어이없고 웃긴 글도 붙는데, 나와 이영빈이 만들어 온 것도 그런 종류였다.

"너희 또 내기해?"

서한빛은 이영빈이 붙인 종이를 보고는 쿡쿡 웃었다.

"정문이랑 후문 중에 어디로 다니는 애들이 많은지 내기하려고. 더 많은 표를 얻는 쪽이 이기는 거지! 서한빛, 너도 한 표 붙여 봐."

이영빈 말에 서한빛은 종이 밑에 달아 놓은 동그란 스티커를 하나 떼서 후문 쪽에 붙였다. 내 주장 쪽에! 이영빈의 얼굴이 구겨졌다.

해당 칸에 스티커를 붙여 주세요.

정문으로 다니는 사람	후문으로 다니는 사람
●	●●

"봐, 후문으로 다니는 사람이 더 많다니까?"

우리 학교는 언덕에 비스듬히 자리 잡아서, 윗동네 애들은 정문으로, 아랫동네 애들은 후문으로 다닌다.

이영빈은 자기가 정문으로 다니니까 그 쪽이 더 많은 줄 아나 본데, 후문을 쓰는 내가 보기엔 아랫동네 후문파가 더 많다. 서한빛이 후문으로 다니면 서한빛 동생은 당연히 후문으로 다니겠지? 한 표 더 얻은 거나 마찬가지다.

"됐지? 그럼 너희도 내 얘기 들어 줘."

서한빛은 사람 찾는 포스터에 얽힌 사연을 들려주었다.

그저께, 서한빛의 동생 한결이는 아끼던 가방을 잃어버렸다. 정확히 말하면 꺼낼 수 없는 곳에 가방이 들어가 버렸다. 꺼내려면 선생님을 불러야 하는데 왜 가방이 거기 있냐며 혼날 것 같아서 말을 못 했다는 것이다.

"그게, 꿈샘 놀이터 장미 화단이었거든."

아하.

꿈샘 놀이터는 올해 새로 생긴 저학년용 놀이터이다. 저학년은 3학년까지니까 우리 4학년들한테는 그림의 떡이다. 쉬는 시간과 점심시간에는 저학년들만 놀 수 있고, 고학년은 학교가 끝난 뒤에야 엄청 눈치를 보면서 살금살금 놀아야 한다. 한 번만 더 사고를 치면 고학년은 아예 출입 금지라고 단단히 경고를 받았기 때문이다.

4학년으로선 억울한 일이다. 놀이기구 지붕을 뛰어넘다 떨어지고 나무 기둥에 다트를 꽂아 흠집을 낸 건 다 5학년이었단 말이다. 어떨 땐 3, 4학년 묶어서 중학년이라며 어린 취급을 받는데, 이럴 때만 고학년으로 묶여서 같이 고생이다. 4학년은 진짜 애매한 학년이다.

"기둥 맞히기 하다가 가방이 화단으로 넘어갔대. 맞아, 이영빈 너도 그러다 걸린 적 있잖아."

서한빛의 말에 이영빈은 대꾸 없이 어깨를 으쓱 올렸다. 이번에는 '그래서 뭐 어쩌라고'이다.

기둥 맞히기도 5학년이 만든 놀이였다. 꿈샘 놀이터에는 나비와 별, 꽃 모형이 달린 나무 기둥이 하나 있는데, 작

은 돌멩이나 종이 뭉치를 던져 모형을 맞히면 된다. 나비는 5점, 별은 4점, 꽃은 3점, 잎은 2점, 기둥은 1점이다. 문제는, 까딱하다간 던진 물건이 기둥 너머 경사진 화단으로 떨어져 버린다는 거다.

그 화단 둘레에는 철조망이 쳐져 있고 '절대 들어가지 마시오' 표시가 세 개나 붙어 있는데 이 '들어가지 마시오'는 그냥 하는 말이 아니다. 화단 안쪽은 아주 가팔라서 멋모르고 들어갔다간 아래로 굴러 떨어질 수도 있다.

"요즘도 기둥 맞히기 하는 애들이 있네. 그때 5학년 중에 누가 야구공 던졌다가 빗나가서 창문이 깨졌잖아. 그 뒤로 금지된 줄 알았는데."

"하지 말란다고 안 하겠어?"

한결이와 그 친구들은 꿈샘 놀이터에 2학년들만 남았을 때 기둥 맞히기 대결을 시작했다. 다른 애들은 잘만 점수를 내는데 한결이 혼자 빵점이었다나. 약이 오른 한결이는 용돈이 든 지갑이며 포켓몬 카드까지 들어가 있는 작은 가방을 표적에 던졌고, 가방은 기둥을 스쳐 화단으로 떨어졌다.

같이 놀던 친구들은 겁이 났는지 뿔뿔이 흩어졌고 주변엔 도움을 청할 고학년들도 없었다. 선생님에게 꺼내 달라고 했다간 뭘 했는지 들켜 혼날 게 뻔했다. 동동거리기만 하다가 방과 후 수업 시간이 되어 그냥 두고 왔다는 거다.

"나도 엄마 아빠한테 말 안 하기로 백번 약속하고서야 한결이한테 들은 얘기야. 지지난주에 비슷한 가방을 잃어버려서 새로 사 줬거든. 엄마 아빠가 알았다간 한 달 게임 금지일걸."

동생에게서 이야기를 들은 서한빛은 다음 날, 그러니까 어제 아침에 학교에 오자마자 꿈샘 놀이터 화단으로 갈 생각이었다고 했다. 그런데 혹시나 하는 마음에 교무실 앞 분실물 보관함을 확인해 보았더니 거기에 가방이 있었다는 것이다. 없어진 것도 없이 그대로!

"한결이가 가방을 화단에서 꺼내 준 사람을 꼭 찾고 싶대. 보답을 해야 한다나? 뭐, 은혜 갚은 까치 그런 거 있잖아. 선물로 젤리까지 챙겼더라고. 근데, 어제 점심 때 붙였는데 아직 안 나타났어."

"별거 아니라고 생각해서 안 나타나는 거 아냐? 괜히 고맙다 어쩐다 그러는 거 좀 부끄럽잖아."

이영빈이 말했다. 서한빛은 고개를 절레절레 저었다.

"나도 그렇게 말해 봤어. 그래도 자긴 꼭 찾고 싶대잖아."

그때였다. 계단 쪽에서 낯선 목소리가 들려왔다.

"아직 안 나타났어?"

"어, 유겸!"

서한빛이 그 애에게 반갑게 인사했다. 이영빈도 손을 흔들었다. 나만 가만히 있었다.

4학년 1반의 유겸. 나랑은 인사하지 않는 사이다. 그냥 별로 안 친하다. 같은 반이 된 적도 없고 같은 학원에 다닌 적도 없다. 학교가 작다 보니 이름과 얼굴은 아는데, 아는 척하기는 좀 그렇다.

"마침 잘됐다. 너희 셋이면 충분해. 이 사람 찾는 것 좀 도와줄래?"

서한빛이 나와 이영빈, 그리고 유겸을 향해 부탁했다. 사람 찾기라, 어려울 것 같지 않았다. 게다가 지금은 시간도 있다. 이영빈과의 내기는 스티커가 다 붙어야 결과가 나오는 거니까.

"좋아. 뭘 어떻게 할 건데?"

"반마다 다니면서 가방 찾아 준 사람 있냐고 물어볼까 해."

내가 묻자 서한빛이 대답했다.

"모든 반을 다 다니면서 확인할 필요는 없어. 일단은 용의자를 줄여 보자."

유겸이 말했다.

"용의자? 무슨 범인 찾아?"

내 말에 유겸이 힐끗 시선을 던졌다. 기분 나쁘라고 한 소리는 아니었는데. 하긴 용의자라는 말이 아주 틀린 건 아니다. 가방을 찾겠다고 화단에 들어갔다면 선생님들 입장에선

'범인'이 맞을 테다.

유겸은 고개를 돌려 종이의 글자를 가리켰다.

"언니나 오빠이긴 할 거야. 1, 2학년이 그 화단에 들어갈 리는 없을 테니까. 3학년도 힘들어."

"선생님도 아니겠지. 선생님이라면 그냥 분실물 보관함에 가방을 두는 게 아니라 누군지 찾아내 야단을 쳤을 테니까."

유겸과 내가 잇달아 말하자 서한빛의 얼굴이 밝아졌다.

"역시 너희에게 부탁하길 잘했어!"

"나는 빼 줘. 할 일이 있다고."

이영빈이 투덜댔지만, 서한빛은 찾아내면 간식을 사 주겠다며 기어이 이영빈까지 끌어들였다.

"그 전에, 유겸, 너도 이거 붙여라."

이영빈이 유겸에게 우리 내기를 가리키며 말했다. 유겸은 내용을 읽고선 정문 쪽에 스티커를 붙였다. 이영빈이 활짝 웃었다. 에이, 한 표 뺏겼네.

"먼저 꿈샘 놀이터로 가서 현장을 확인해 보자."

내가 제안했다.

"먼저 가. 난 생각 좀 해 보게."

유겸은 게시판을 뚫어져라 바라보며 대답했다.

점심시간의 꿈샘 놀이터는 꽤나 붐볐다. 저학년들만 모여 노는 걸 보니 새삼 귀엽기도 하고, 아쉽기도 했다. 이 놀이터가 작년에 만들어졌다면 우리도 신나게 놀았을 텐데.

"여기, 이쪽에서 던졌대."

서한빛이 철봉 옆을 가리켰다. 나무 기둥 위 나비며 별이 잘 보이는 자리였다.

"여기서 던져서 화단으로 넘어간 거면, 되게 세게 던졌나 보다."

내 말에 서한빛은 고개를 끄덕였다. 동생이 손은 작아도 힘은 세다나.

"무거운 게 멀리도 날아갔네."

영 관심 없다는 듯 딴청을 부리던 이영빈이 중얼거렸다.

우리는 화단 앞으로 걸어갔다. 붉은 장미 덩굴이 철조망 위로 넘쳐흐르듯 자라나 화단을 가리고 있었다. '들어가지 마시오' 표시는 잘 보이는 걸 보니 그 쪽은 장미 가지를 다 듬은 것 같았다.

누굴까? 이 위험한 화단에 들어가 가방을 꺼낸 사람은.

나는 차근차근 주변을 살폈다. 화단에 들어가려면 철조망을 넘어야 한다. 그러니 몸이 날렵한 사람일 것 같다. 장미 덩굴을 헤치고 들어가야 하니 가시에 찔리는 걸 겁내지 않는 사람일 거고, 실내화가 아니라 운동화를 신었을 거다.

'범인'을 상상하며 하나씩 손꼽아 보는데, 가장 중요한 조건이 떠올랐다.

화단에서 가방을 꺼내려면, 화단에 가방이 있다는 걸 알아야 한다!

"가방을 꺼내 준 사람은 가방이 여기 있는 줄 어떻게 알았을까?"

철조망 앞에서 아무리 까치발을 해 봐도 화단 안쪽은 보이지 않았다.

나와 이영빈, 서한빛은 놀이터 주변을 이리저리 걸어 다니며 확인한 끝에 화단 안쪽이 보일 만한 곳을 찾아냈다.

"저기, 5학년 전용석에서는 보일 것 같은데."

내가 말한 곳은 '올라가지 마시오' 표시가 붙은 환풍기 위였다. 5학년들은 선생님 눈을 피해 그 위에서 놀면서 다른 학년에게는 올라오지 말라고 눈치를 주곤 했다. 어차피 거긴 꽤 높고 위험해서 저학년들은 못 올라가고, 6학년 전용석은 운동장 놀이터 쪽에 따로 있다.

"저기서도 보이겠는데?"

서한빛이 북문 쪽을 가리켰다.

정문, 후문 말고 세 번째 교문. 북문은 정문이나 후문보다 크기도 작고, 늘 닫혀 있다. 좀 비밀스러운 문이랄까.

정문과 후문이 언덕 아래 평지에 있는 것과 달리 북문은 언덕 중간에 있어서 언덕 위에 사는 애들은 북문으로 다니고 싶어 한다. 그렇지만 학생들은 북문 사용 금지다. 북문으로 급식 재료 물류차가 자주 드나들어서 위험하다는 이유다.

그래서 아까 이영빈과 내기할 때도 북문 선택지는 아예 뺐다. 선생님들 눈을 피해 몰래 쓰는 애들이 있다고는 하던데, 대놓고 스티커를 붙이진 못할 테니까.

"확인해 볼게."

북문은 꿈샘 놀이터보다 높은 곳에 있고 5학년 전용석과 높이가 거의 비슷하다. 5학년 전용석에서 보이면 북문 쪽에서도 보일 거다.

나는 철제 파이프를 촘촘히 엮어 만든 북문에 바짝 기대어 섰다. 아슬아슬하게, 화단이 보일락 말락 안 보였다. 그렇다면.

"화단이 보이는 곳은 저기뿐이야. 5학년 전용석! 그러니까 가방을 꺼낸 사람은 5학년이야."

내가 말을 끝내기 무섭게 숨찬 목소리가 끼어들었다.

"3반 아니면 4반이야!"

유겸이 저쪽에서 성큼성큼 걸어왔다.

유겸은 손에 든 종이를 내밀었다. 연필로 시원시원하게 그은 선이며 숫자가 뭔가 했더니 학교 도면이었다. 유겸이 그림을 가리키며 설명했다.

"이거 봐. 다른 반들은 다 중앙 현관을 통해 학교로 들어와. 1층 게시판을 보기 쉽지. 그런데 3반과 4반은 중앙 현관보다 동쪽 현관으로 들어오는 게 훨씬 가까워. 물론 등교를 정문으로 하면 중앙 현관을 통해 가는 게 낫지. 근데 아랫동네 살면 정문 말고 후문으로 다니잖아, 그럼 동쪽 현관으로 다니게 돼. 그래서 게시판을 못 봤다면……."

유겸은 말을 채 끝내지 못하고 숨을 몰아쉬었다.

"사람 찾는 종이를 못 봐서 안 나타났다는 거야?"

내가 얼떨떨하게 물었다.

"꽤 가능성이 있지."

유겸이 고개를 끄덕였다. 나는 다시 도면을 봤다. 그렇다. 후문으로 다니는 나도 동쪽 현관으로 건물에 들어온다. 다만 나는 2반이라서 중앙 현관까지 걸어와 그쪽 계단으로 교

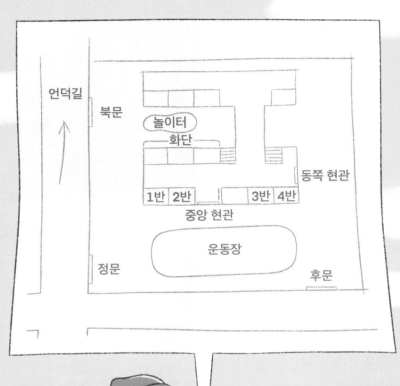

언덕길

북문

놀이터
화단

동쪽 현관

1반 2반   3반 4반

중앙 현관

운동장

정문

후문

실에 올라가니까 게시판을 볼 수 있었다. 3반이나 4반이라면 굳이 중앙 현관을 지날 일이 없으니 게시판을 못 봤을 가능성이 있었다.

"그럼, 박채이 네 말대로라면 5학년, 유겸 네 말대로라면 3, 4반…… . 5학년 3반 아니면 4반이겠네!"

서한빛이 박수를 딱 쳤다. '용의자'의 범위를 두 반으로 줄인 것이다.

우리는 2학년 1반에 들러 한결이를 데리고서 5학년 3반과 4반으로 향했다. 한결이는 그 노랑 가방을 메고 신나서 앞서 걸어갔다. 이영빈은 이제 충분히 했다며 빠질 줄 알았는데 웬일로 순순히 따라왔다. 누가 '범인'인지 궁금하긴 한 모양이었다.

신나게도, 나와 유겸의 추리는 맞아떨어졌다. 5학년 3반에서 나오는 어느 오빠에게 종이를 맡기곤 알아봐 달라고 부탁했더니, 곧 한 언니가 나왔다. 경계심 가득한 얼굴이었다.

"그 가방 내가 분실물 보관함에 맡기긴 했는데, 안에 물건은 안 건드렸어! 뭐가 없어졌다면 내가 그런 거 아니고……."

"언니, 고마워!"

한결이가 대뜸 젤리 한 봉지를 그 언니에게 내밀었다.

"없어진 거 없어. 찾아 줘서 고마워!"

"아니 뭘, 그런 거 가지고."

5학년 언니는 약간 쑥스러워하면서 젤리를 받았다.

"그냥 분실물 보관함에 넣은 거밖에 없는데."

"그래도, 그거 화단에서 꺼내느라 힘들었을 거잖아."

"화단?"

5학년 언니는 어리둥절한 표정을 했다.

"그 가방, 꿈샘 놀이터 벤치 위에 있었는데?"

다시 처음으로 돌아왔다. 5학년 언니가 봤을 때 가방은 벤치 위에 있었다니까, 가방을 화단에서 꺼낸 사람은 따로 있다는 얘기다.

　그 와중에 유겸은 5학년 언니에게 후문으로 등교하느냐고 묻고는 그렇다는 대답을 얻어 냈다. 유겸의 말대로, 그 언니는 후문으로 등교해 동쪽 현관으로 들어왔기 때문에 게시판은 보지 못했다고 했다. 유겸의 추리가 딱 맞은 거다.

"그럼, 화단부터 다시 볼까?"

　유겸이 가벼운 말투로 내게 말했다.

　금요일 오후 2시, 꿈샘 놀이터에는 우리 둘 말고는 아무도 없었다.

　서한빛은 방과 후 수업에, 이영빈은 피곤하다며 집에 갔고, 한결이는 내게 그 사람을 찾게 되면 전해 달라며 남은 젤리를 맡기고 피아노 학원에 갔다.

　한결이는 5학년 언니를 찾아낸 것만으로도 만족한 모양이었다. 못 찾으면 젤리는 나와 유겸이 먹어도 된다고 했다.

　유겸과 나, 둘만 남은 탓에 어색한 것은 잠깐이었다. 한결이를 위해서가 아니라 이제는 내가 그 '누군가'를 찾고 싶었다. 주머니 속 젤리가 유난히 묵직하게 느껴졌다.

"박채이, 그거 알아? 육하원칙."

유겸이 내게 물었다.

육하원칙이면, 여섯 개의 질문이다. 누가, 언제, 어디서, 무엇을, 어떻게. 그리고 하나가 더 있었는데? 미처 생각해 내기 전에 유겸이 다시 입을 열었다.

"어떻게 꺼냈을까?"

그렇군. '누가'를 찾기 전에 다른 질문부터 해 보자는 거다. 무엇을? 가방을. 어디서? 화단에서. 도대체 어떻게?

저 아찔한 화단에 들어갔다니, 진짜 간도 큰 5학년이다. 선생님에게 들키면 혼자 혼나고 마는 게 아니라 고학년 전체의 출입이 금지될 수도 있다. 그럼 우리 4학년들만 또 억울해지는 거다…….

어? 뭘 놓친 기분이 들었다. 차근차근 생각해 보자. 무엇을, 어디서, 어떻게……. 언제!

내 생각은 순식간에 '언제'로 뻗어 나갔다. 왜 이걸 까먹

26

고 있었지?

"저기, 종이 있어? 연필은?"

유겸이 학교 도면을 그렸던 종이와 뾰족한 연필을 건네주었다.

종이를 벤치에 놓고 뒷면에 하교 시간부터 썼다. 수요일에 1, 2학년은 4교시까지 한다. 3, 4학년은 5교시까지 하고 5, 6학년은 6교시까지 한다. 여기에 방과 후 수업 시간까지 생각을 해 봐야 한다. 다행히, 내 가방에 꼬깃꼬깃해진 방과 후 수업 시간표가 들어 있었다.

"아까 한결이가 방과 후 수업 때문에 가방을 못 찾고 갔다고 했잖아. 수요일에 2학년이 듣는 방과 후 수업은 그리기랑 바둑인데, 둘 다 1시 40분에 시작이야."

그럼, 가방이 화단으로 넘어간 것은 1시 40분이 되기 직전이다.

"아까 그 5학년 언니는 수요일 방과 후 수업에 가는 중에 놀이터를 지나가다 가방을 봤다고 했어. 노는 애들은 하나도 없는데 가방만 덩그러니 있어서, 분실물 보관함에 가져다 놓았다고."

수요일에 5학년이 하는 방과 후 수업은 방송 댄스 아니면 바둑이고 둘 다 2시 30분에 시작한다. 그때 가방은 이미 놀이터 벤치에 있었다.

"1시 40분부터 2시 30분 사이에 놀이터에 있었던 사람이 범인…… 아니, 가방을 꺼낸 사람이야."

"와, 시간 생각은 못 했어."

유겸이 감탄을 섞어 중얼거렸다.

"6교시까지 한 5학년과 6학년은 아니란 얘기야."

유겸의 말대로였다. 6교시는 2시 20분에 끝난다. 화단에 들어가 가방을 꺼내 오기엔 10분은 아무래도 짧다.

"그럼…… 4학년?"

4학년은 수요일에 5교시까지 해서 1시 30분에 끝난다. 가방을 보고 꺼낼 시간이 충분한 거다.

4학년 중에 5학년 전용석에 올라갈 애가 있을까? 5학년들이 없을 때도 거긴 안 가는데. 5학년 눈치가 보여서가 아니라, 치사해서.

"전용석 말고 가방이 보일 만한 데가 있어."

유겸이 손가락으로 북문을 가리켰다.

"내가 아까 가 봤어. 보일 거 같은데 안 보이더라."

내 말을 듣고서도 유겸은 굳이 북문까지 가서 아까 내가 한 것처럼 철문을 등지고 섰다.

"안 보인다니까. 안 보이지?"

"조금만 높으면 보일 거 같은데……."

유겸은 까치발을 들었다. 그래도 안 보인다니까.

"어!"

나는 유겸이 등지고 선 문을 봤다. 북문 바깥은 위로 올라가는 언덕길이다. 저 문을 나서서 몇 걸음만 언덕을 올라가면 화단 안이 보이지 않을까?

"문 밖으로 나가 보자."

북문은 잠겨 있지 않다. 자물쇠 대신 긴 막대기를 걸쳐 막아 놓았을 뿐이라 막대기만 빼면 나갈 수 있다. 물론, 걸리면 큰일이지만 지금은 놀이터에 아무도 없으니 슬쩍 나가도 될 것 같았다.

"안 돼, 박채이. 이 문으로 나갈 생각은 하지 마. 선생님이 안 된다고 했잖아."

유겸이 단호하게 말했다. 음, 유겸에 대해 하나 더 알았다. 규칙 어기는 걸 아주 싫어한다는 것.

결국 우리는 운동장을 가로질러 정문으로 나와, 언덕을 올라서 북문까지 왔다. 10초면 될 걸 5분이나 걸린 셈이었다.

그래도 확실히, 답을 찾아냈다.

북문 뒤에 서자 철문 파이프 틈 사이로 장미 덩굴 너머 화단 안쪽이 보였다. 저기에 노란 가방이 떨어져 있었다면 분명히 눈에 띄었을 거다.

"봐, 집에 가다 우연히 본 건 아니야. 이렇게 문 가까이 서야만 화단이 보이잖아."

내가 말하자 유겸도 고개를 끄덕였다.

그렇다면 '그 아이'가 한결이의 노란 가방을 볼 수 있는 경우는 하나다.

'그 아이'는 북문을 통해 몰래 집에 가려고 했을 것이다. 막대를 밀어 잠금장치를 풀고, 철문을 살짝 열고 나와서, 문 틈으로 손을 넣어 막대를 원래대로 고정하려 했을 때 화단에 떨어진 노란 가방을 발견했을 거고…….

"어떻게 꺼냈는지도 알 것 같아. 이 막대기를 썼나 봐."

유겸이 문을 걸어 잠근 막대를 가리켰다. 아하. 막대는 꽤 길고 한쪽이 지팡이처럼 구부러져 있었다. 철조망을 넘어갈 필요 없이 막대로 걸어 가방을 꺼낼 수 있었을 거다. 이것 역시 북문을 쓰지 않았다면 떠올리지 못했을 도구였다.

"꿈샘 놀이터에서 노는 4학년들은 거의 다 알아. 그중에 북문을 쓰는 게 편한 애들……. 그러니까 언덕 위쪽에 사는 애들을 추려 내면 찾을 수 있겠는데."

내가 말했다. 벌써 머릿속에 떠오른 아이가 있었다.

"그래? 그럼 난 집에 간다."

유겸이 돌아섰다. 황당했다.

"어? 지금? 누군지 안 찾고?"

"언제, 어디서, 어떻게 했는지를 알았으니까, 누군지는 안 궁금해."

유겸이 대답했다.

진짜, 유겸은 볼수록 신기한 애였다. 저렇게 꼼꼼하게 따져 놓고 누군지는 안 궁금하다니.

"그 애가 누군진 모르겠지만, 이건 마음에 든다. 나갔다가 다시 돌아왔다는 거잖아. 그거 꺼내려고."

유겸이 지나가는 투로 말했다.

나 같았으면 어떻게 했을까? 그냥 못 본 척 빨리 막대와 문을 정리하고 집으로 가지 않았을까? 괜히 얼쩡거리다가 북문을 썼다는 게 들키면 큰일이니까. 다시 돌아왔다는 건 확실히 특별한 일이었다.

"재밌었다."

유겸은 우리가 같이 놀기라도 한 것처럼 말했다. 뭐, 나도 재밌긴 했다.

나는 '범인'을 찾아 언덕을 올랐다. '범인'은 내 연락을 받고 아파트 놀이터로 내려왔다.

"역시, 박채이 네가 알아낼 줄 알았어. 유겸도 보고만 있진 않았을 거고. 둘이 힘을 합치면 뭐든 못 하겠냐."

'범인'이 말했다.

"이거나 받아."

주머니에서 꼬깃꼬깃해진 젤리를 꺼내 내밀었다. 비로소 주머니도 마음도 가벼워졌다.

"난 줄 어떻게 알았어?"

이영빈이 물었다.

4학년 중에 언덕 위에 살고 꿈샘 놀이터 붙박이인 애들은 몇 명 더 있다. 북문을 열고 나갈 만큼 겁 없는 애라면 확 줄어든다. 그리고 도로 들어와서 가방을 꺼낼 정도로 오지랖이 넓은, 누군가는 착하다고 하고 누군가는 엉뚱하다고 할 만한 애는 이영빈 말곤 없다.

거기에 또 하나, 결정적인 단서가 있었다.

"무거운 게 잘도 날아갔네, 라고 말했잖아. 네가."

꿈샘 놀이터에 처음 갔을 때, 그러니까 한결이를 만나기 전에 이영빈은 그렇게 말했다. 가방을 들어 보기는커녕, 보기도 전에.

이영빈은 허를 찔린 표정을 했다.

"내가?"

아까 들었을 땐 무심코 넘어갔는데, 4학년 중 북문을 열 만한 사람을 꼽아 보다가 그 말이 생각났다.

"가방을 직접 만져 본 사람이나 할 말이었지. 보기만 해서는 무게를 몰랐을 거잖아."

이영빈은 말없이 젤리 포장지를 뜯었다. 우리는 그네에 나란히 걸터앉아 젤리를 나눠 먹었다.

"왜 그랬어?"

내가 물었다. 묻고 나서야 아까 생각이 나지 않았던 육하

원칙의 마지막 질문이 '왜'라는 게 생각났다. 언제, 어디서, 무엇을, 어떻게까지 해결하고 나니 '누가'를 알게 됐고, 이제 '왜'를 물어볼 때였다.

"선생님이 그 가방을 발견하면 가방 주인이 혼날 거 아니야. 그래서 그랬어."

이영빈이 말했다. 고작 그런 이유로?

"나도 혼나 봤잖아."

이영빈이 덧붙였다. 혼나 봤으니까, 어떤 일을 겪게 될지 아니까, 이영빈은 누군지도 모르는 가방 주인을 도와준 것이다.

"마음에 든다."

나도 모르게 아까 유겸처럼 말했다. 누군가는 이해 못 할 행동일지도 모르지만 내 마음엔 꼭 들었다.

"서한빛한테는 비밀로 해 줘. 서한빛 동생이 나한테 막 고맙다고 하면……. 으, 상상만 해도 온몸이 간지럽다고."

이영빈은 몸을 부르르 떨었다. 그러곤 마지막 젤리 하나를 내게 양보했다. 뭐, 그 정도야 들어줄 수 있다.

"유겸한테는 말해도 돼?"

이영빈이 어깨를 으쓱 올렸다. 이번엔 '난 상관없어'였다.

내일 학교에서 유겸과 마주치면 말을 걸어 봐야겠다. 이젠 인사는 할 만한 사이가 되었으니까. 어쩌면 앞으로 또 같이 놀 일이 생길지도 모르겠다. 이런 수수께끼 풀이라면 더 좋고!

4학년이
되면

이재문

"4학년이 되면 사랑이 시작되는 거야."

학교 끝나고 들른 떡볶이 집에서 하진이가 말했다. 자긴 다 안다는 척, 세상의 진실이라며 하진이가 맨날 입에 달고 사는 말이다. 나는 그 말을 할 때 하진이가 짓는 표정이 싫었다. 얄미운 것. 같이 있던 연재는 하진이 말에 닭살이라며 몸서리를 치면서도 눈은 웃고 있었다.

나만 웃질 못했다.

그래, 그 사랑이라는 거. 나도 한 번쯤은 꼭 해 보고 싶었다. 하진이가 떠들 때마다 얼마나 부러웠는지 모른다.

아니, 아니다. 사랑은 얼어 죽을, 흥칫뽕이다.

"사랑, 그게 그렇게 대단해?"

그런 거 하나도 관심 없다는 듯 말했지만, 하진이가 '넌 아직 멀었어'라고 말하는 듯한 표정을 지을 때면 속이 부글부글 끓었다. 그러거나 말거나 하진이는 내 기분 따윈 안중에도 없었다. 마침 주문한 떡볶이가 나오자 하진이는 포크로 떡볶이를 콕 집어 먹더니 혀를 쯧 찼다. 그 '쯧' 소리가 매우 거슬렸다. 내 질문을 두고 한 행동인지 아니면 떡볶이가 매워서인지 모르겠다.

"이걸 어떻게 설명해야 하나? 음……. 아이, 몰라. 그냥 그런 게 있어. 막 간질간질하고."

하진이가 반쯤 풀린 눈으로 헤벌쭉 미소 짓자 연재가 까르르 웃었다.

"아무튼 박하진, 못 말려. 여태 남자 친구 없이 어떻게 살았대?"

하진이는 연재의 야유에도 아랑곳하지 않았다.

"님들도 다 해 봤으면서 나한테만 너무 그러는 거 아님? 아, 맞다. 솔이는 아직 못 해 봤지?"

여기서 왜 또 내 이름이 나오는 걸까? 나는 하진이를 쏘아보았다. 하진이는 별 뜻 없이 말했겠지만, 나에게는 어쩐지 이렇게 들렸다.

'네가 사랑에 대해서 뭘 알겠니? 아직 열한 살 생일도 안 지났는데.'

하진이는 남자 친구와 톡을 주고받느라 따가운 눈총을 알아차리지 못했다. 남의 속 뒤집어 놓고 자기 혼자 신났다 이거지? 아무리 친한 사이라도 할 말이 있고, 못 할 말이 있다. 어쩜 이렇게 아픈 곳을 콕콕 찌를까.

고작 세 달 먼저 태어났으면서 박하진은 자꾸만 언니처럼 굴었다. 툭하면 내가 아직 생일이 안 지났다는 걸 걸고넘어지는데, 처음 한두 번은 웃어넘겼지만 이제는 가짜 웃음도 나오지 않는다.

이번에도 그 마음이 표정에 고스란히 드러났나 보다. 눈치 없는 하진이 대신 연재가 나섰다.

"그 얘긴 그만하자. 오늘은 솔이 생일 때문에 모인 거잖아."

그렇다. 오늘 우리가 모인 이유는 내 생일이 하루 앞으로 다가왔기 때문이다.

기다리고 기다리던 생일이다. '4학년이 되면' 어플을 깔 수 있게 된 거다. 생일만 지나 봐라. 박하진 코를 납작하게 눌러 줄 테니까.

연재가 내 어깨에 팔을 둘렀다. 다부진 몸에 짧은 머리, 까만 피부, 남자아이들도 한 방에 제압하는 힘센 연재는 겉보기와는 달리 작은 일에도 쉽게 감격한다. 이번에도 마찬가지다.

"진짜 이런 날이 올 줄이야. 우리 세 명 모두 생일이 지나는 거잖아. 드디어 탈옥하는 건가?"

'탈옥'이라는 단어가 나오자 우리의 눈빛이 동시에 반짝였다. 4학년 생일이 되기를 손꼽아 기다리는 이유. 그게 다

탈옥, 그러니까 '감옥을 탈출'하기 위해서였다. 하진이가 의미심장한 표정으로 내게 물었다.

"솔아, 당연히 탈옥하는 거지?"

두말하면 입 아프다. 당연한 거 아닌가? 나는 오랜만에 하진이에게 흐뭇한 미소를 날려 주었다.

탈옥 어플 '4학년이 되면'을 누가 만들었는지는 아무도 모른다. 다만 어느 코딩 천재가 만들지 않았을까 추측만 할 뿐이다. 그 천재는 분명 4학년일 테다. 그렇지 않고서야 오직 4학년만을 위한 어플을 만들 리 없다. 모르긴 해도, 어른이 만든 건 절대, 절대 아닐 거다.

우리 아빠만 해도 키즈록 어플 제한 모드를 더 강화하면 강화했지, 쉽사리 풀어 주지 않는다. 다른 친구들 부모님은 하루에 서너 시간은 자유롭게 생활할 수 있도록 풀어 주는데, 아빠는 하루 딱 두 시간이었다. 방과 후에 친구들과 놀려고 해도 한 시간만 지나면 삐삐거리며 록 어플이 경고음을 울렸다. 어서 집으로 돌아가라고.

한번은 친구들과 수다를 떨다가 경고음이 울렸다. 조금만 더, 조금만 더, 그러다 결국 행동 제한 모드에 걸려 버렸다. 완전히 록다운이 돼 버린 거다. 친구들이 얼마나 놀랐는지 모른다. 아빠는 얄짤없어서 록다운 강도도 강하게 설정했다. 보통은 말을 못 하는 정도에 그치는데, 나는 딱 굳은 채 움직이지도 못했다.

아이들이 사색이 된 사이, 곧바로 인근 '신체 복구 센터'에서 출동했다. 센터 직원이 내 팔을 걷고 손목의 인공 뇌 접속 포트에 바늘 같은 칩을 꽂았다. 나는 곧 록다운에서 풀려날 수 있었지만, 곧바로 걸려 온 화상 전화로 아빠의 폭탄 잔소리를 들어야 했다. 그럴 때면 나는 사회 시간에 배운 '옛 사람들의 생활 모습'이 떠오르곤 했다.

"옛날 사람들은 온라인에 접속하거나 누군가와 통화하기 위해 꼭 스마트폰이라는 걸 들고 다녀야 했어요."

선생님의 설명에 아이들은 그게 뭐냐고, 너무 귀찮겠다고

했다. 선생님은 웃으며 설명을 이었다. 인공 뇌가 있기 전에는 다들 그랬다고.

"인공 뇌의 개발이 우리 삶을 얼마나 편리하게 만들었는지 찾아볼까요?"

선생님의 한마디에 우리는 곧장 눈앞에 자기만 보이는 시스템 창을 띄워 놓고 검색을 시작했다. 옛날에는 시스템 창 기술도 게임에나 나왔지 현실에서는 꿈도 못 꿀 일이라 했다. 요즘에는 시스템 창을 못 띄우는 애들이 특별 치료를 받는다. 태어나자마자 머리에 인공 뇌를 이식하고 여러 가지 어플을 깔아 성장을 관리한다. 범죄 예방에도 탁월했고, 학습 능력도 쑥쑥 올라갔다. 인공 뇌에 전자 지갑이 저장되어 있어 따로 지갑을 들고 다니지 않아도 되는 등, 편리한 점이 한두 가지가 아니었다.

그런데도 나는 옛날 사람들의 생활 모습이 부러웠다. 옛날 어린이들은 친구들과 수다 떨다가 몸이 굳어 버리는 일은 없었을 테니까.

나는 아빠가 너무하다고 생각한다. 조금만 풀어 주면 좋겠는데, 무슨 말만 하면 안 된다고 하니. 그러니 '4학년이 되면' 어플의 존재를 절대 들켜선 안 된다. 아빠가 알게 된다면 난리가 날 거니까.

이것은 우리들만의 비밀 약속이다. 절대, 무슨 일이 있어도 탈옥 어플의 정체를 어른들에게 털어놓지 않겠다고. 무슨 수를 써서라도 탈옥 어플을 3학년들에게 무사히 전수하겠다고. 우리 또한 4학년 언니 오빠들에게 어플을 물려받았다. '4학년이 되면' 모두가 자유로워질 권리가 있다는 말과 함께 말이다.

하진이와 연재가 부모님 몰래 탈옥 어플을 깔았던 것처럼, 나 또한 어젯밤 아빠 몰래 몸에 어플을 깔았다. 심장이 터질 것 같았다. 가만히 자리에 누워 하진이가 건네준 칩을 손목에 꽂았다. 당연하겠지만 '4학년이 되면'은 어플 마켓에서 다운로드가 안 된다. 대신 직접 칩을 꽂아 인공 뇌에 깔아야 한다.

어플이 깔리는 동안은 기절한 상태가 된다고 했다. 백신 어플 가동을 막기 위해서라는데, 이때가 가장 위험했다. 아빠한테 들키면 어쩌나, 얼마나 가슴 졸였는지 모른다.

어플이 깔리자마자 정신을 차린 나는 설치 칩을 가방 깊숙한 곳에 숨기고 침대에 누웠다. 흥분이 가라앉지 않아 쉽게 잠이 오지 않았다.

그러다 일어나 보니 아침이었다. 나는 벌떡 일어나 거실로 나갔다. 시계를 보니 이제 5시. 다시 잠들진 못할 것 같아 화장실로 가 세수를 했다. 부스럭거리는 소리에 아빠가 거실로 나왔다. 아빠가 하품을 늘어지게 하며 물었다.

"솔아, 벌써 일어난 거야?"

"아……. 잠이 안 와서."

아빠가 탈옥 어플을 깐 걸 알아챌까 봐 가슴이 두근거렸다. 너무 긴장해도 안 되는데……. 아빠가 이상하게 여길지 모른다. 그때 휴대폰으로 내 건강 상태를 체크하던 아빠가 눈살을 찌푸렸다.

"너 심박수가 왜 이렇게 높지? 어디 아파?"

아빠가 가까이 다가와 내 이마에 손을 갖다 댔다. 나는 화들짝 놀라 몸을 뒤로 뺐다. 아빠의 눈이 커졌다.

"오늘 생일이잖아. 그래서 그렇지 뭐."

내가 둘러대자 그제야 표정이 풀린 아빠가 피식 웃었다.

"운영 체제 업데이트 때문에 긴장한 거야? 그럴 필요 없어. 아무것도 아니야. 업데이트 해도 똑같아."

나는 아빠의 '똑같아'라는 말에 살짝 발끈했다. 아빠, 나는 그게 싫은 거라고. 왜 업데이트를 해도 똑같아야 하는데?

탈옥 어플은 인공 뇌 업데이트를 완료해야 제대로 작동한다. 쉽게 말하면 탈옥 어플은 지금 '잠복'해 있는 상태다. 업데이트를 하느라 운영 체제의 보안이 허술해지는 틈을 타 백신이 탈옥 어플을 정상 어플로 인식하도록 해킹한다.

엄밀히 말해 하진이 말은 틀렸다. 4학년이 되면 사랑이 시작되는 게 아니라 첫 업데이트가 시작되는 거다. 그만큼

이나 4학년은 특별한 나이였다.

왜 하필 4학년 때 첫 업데이트를 진행하는지는 모른다. 다만 4학년부터 고학년에 속하기 때문이 아닐까 추측할 뿐이다. 4학년이 되면서 많은 게 달라졌다. 학교에서는 회장 선거권을 줬다. 수업 내용도 3학년 때보다 제법 어려워졌다. 급식을 먹을 때도, 운동회를 할 때도 1, 2, 3학년에 묶이지 않고 4, 5, 6학년에 묶였다. 5, 6학년 언니 오빠들과 만날 기회가 3학년 때보다 훨씬 많아졌다.

무엇보다도 4학년 생일은 만으로도 열 살, 진정한 십 대가 되는 날이다. 이제는 더 이상 꼬마 어린이가 아닌 것이다. 그러니 첫 업데이트를 진행할 완벽한 타이밍이다. 이제부터 몸도 마음도 많이 달라질 테니 인공 뇌도 그에 걸맞은 준비를 하는 게 맞다.

4학년 생일 업데이트를 놓치면 고등학교에 입학하고 나서나 해킹이 가능하다고 들었다. 그때까지 제한 모드로 지내는 건 상상하고 싶지 않았다.

두고 봐. 업데이트만 하면……. 그땐 완전 다른 세상이 펼쳐질 거니까. 나는 속으로 자유의 칼날을 갈았다.

자율 주행 택시를 불러 타고 센터로 향했다. 가는 동안 아빠는 축하한다고, 혹시 무슨 선물을 받고 싶냐고 물었다. 나는 생각해 보겠다고만 답했다. 지금 내 마음은 온통 인공 뇌에 깔려 있는 '4학년이 되면'에 가 있었다. 혹시나 백신에 걸리진 않을까 걱정이었다. 설치 뒤 24시간 동안은 백신을 속일 수 있다고 했지만 마음이 놓이질 않았다.

센터에서 어떻게 시간이 지나갔는지 모르겠다. 도착하자마자 각종 검사를 받았다. 몸에 여러 가지 장치를 꽂고 인공 뇌가 잘 작동하는지 확인했다. 이때가 가장 위기였다. 혹시나 들킬까 봐 얼마나 긴장했는지 모른다. 그래도 무사히 검사를 받고 나자 홀가분해졌다. 한편 잘 숨어 있는 탈옥 어플이 기특했다. 어플을 개발해 준 코딩 천재에게도 정말이지 고마웠다.

이윽고 침대처럼 생긴 커다란 스캐너에 누웠다. 담당 직원이 너무 긴장할 거 없다며 심호흡을 하라고 했다. 한숨 자면 업데이트가 끝나 있을 거라는 말을 듣자마자 정신을 잃었다.

눈을 떴을 땐 대기실이었다. 아빠가 옆에서 간이 의자에 앉아 책을 읽고 있었다. 내가 부스스 일어나자 아빠가 물었다.

"잘 잤어?"

"뭐야? 끝난 거야?"

아빠가 하하 웃었다.

"별거 아니지? 우리 딸, 아주 건강히 자라고 있대. 업데이트도 잘 끝났어."

"진짜? 이렇게 빨리?"

아빠가 시계를 가리켰다. 세상에, 한 시간이나 지났다.

아빠는 그길로 출근을 하고, 나는 학교로 향했다. 수업 중 뒷문을 열고 들어가자 선생님이 환하게 웃으며 맞아 주었다.

"이게 누구야?"

뒤를 돌아본 아이들도 환호하며 박수를 쳤다. 오늘은 박수 받아 마땅한 날이다. 열한 살 생일은 그 어느 생일보다 특별하니까. 나는 얼굴이 달아올랐다. 하진이가 제일 큰 목소리로 소리쳤다.

"강솔, 축하함! 우리 솔이, 다 컸구나!"

하진이가 감격스럽다는 듯 눈물짓는 연기를 하자 아이들이 와하하 웃었다. 나도 덩달아 웃음이 났다.

선생님은 생일을 맞이한 기념으로 소감 한마디를 부탁했

다. 누구 앞에서 발표하는 건 딱 질색이지만, 오늘만큼은 그냥 넘어갈 수 없었다. 지금까지 모든 아이들이 생일을 맞이해 한마디씩 했다. 그래서 나도 학교에 오는 내내 무슨 말을 할까 고민했다. 교실 앞에 서자 초롱초롱한 눈빛들이 나를 향했다. 부끄럽긴 했지만, 나는 용기를 내어 입을 열었다.

"아직 모르겠어요. 뭐가 바뀐 건지."

솔직한 마음이었다. 아직은 어떤 변화가 있는 건지 잘 모르겠다. 그때 하진이가 큰 소리로 물었다.

"업데이트도 했는데, 꼭 해 보고 싶은 건 없나요?"

연재도 궁금한 눈치였다. 전에도 몇 번이나 물어봤다. 업데이트를 하면 무얼 할 거냐고. 탈옥을 하면 뭘 가장 하고 싶냐고.

"그건……."

매번 잘 모르겠다고 답했지만, 실은 하고 싶은 게 있었다. 그래서 아빠와 헤어져 교문에 들어서기 전, 가장 먼저 탈옥 어플부터 켜 봤다. 어플은 무사히 작동했다.

어플을 켜자마자 한 일은 바로 '사랑 제한 모드'를 해제하는 거였다. 아빠는 나 같은 어린아이에게 사랑은 필요 없는 감정이라고 여기는 듯했다. 직접 말한 적은 없지만 그렇게 생각하는 게 분명했다. 가끔 아이들의 연애 소식을 접할 때면 아빠는 눈살을 찌푸렸다. 한번은 '나도 연애하고 싶다'라고 말했는데 아빠의 강한 반대에 부딪혔다.

"크면 다 할 수 있는데 뭘 벌써부터 하려고?"

그러고는 사랑 제한 모드를 켜 놓은 거다.

다른 건 다 참을 수 있는데 그것만은 참고 싶지 않았다.

더욱이 하진이가 탈옥을 하고 사랑 모드를 제대로 즐기는 걸 본 이상, 결코 가만있을 수 없다. 툭하면 남친 자랑을 하는 하진이에게 나도 제대로 보여 주고 싶었다.

"님아, 얼른 대답 좀 해 봐요. 하고 싶은 게 뭐냐고요!"

하진이의 재촉에 나는 천천히 심호흡을 하고 아이들을 둘러보았다.

'내가 하고 싶은 건 말이지······.'

말을 고르던 중, 한 아이와 눈이 마주쳤다.

하늘이가 나를 뚫어지게 바라보고 있었다. 그 눈빛이 어찌나 따스한지, 갑자기 가슴이 두근거렸다. 내가 왜 이러지? 호흡이 가빠지고 양 볼이 달아올라 나는 고개를 홱 돌렸다. 마침 선생님이 보였다.

"선생님, 죄송한데요. 배가 아파서 보건실 좀 다녀와도 될까요?"

허둥지둥 핑계를 댔다. 선생님은 혹시나 업데이트 부작용일지 모른다며 얼른 다녀오라 했다. 나는 고개를 숙이고 서

둘러 교실을 빠져나왔다.

　그날 저녁, 업데이트 기념으로 우리 집에서 파자마 파티
를 했다. 삼총사의 생일 때마다 돌아가며 하는 의식이었다.
하진이는 밤새 수다도 떨고 야식도 먹으며 실컷 놀자고 했
다. 연재도 들떠 있긴 마찬가지였다. 드디어 '업데이트 완전
체'가 되었다며 흥분해서 떠들었다. 반면 나는 아까 학교에
서 받은 충격 때문에 자꾸만 멍해졌다.
　문득문득 하늘이 얼굴이 떠올랐다. 미쳤지, 강솔. 대체 왜
이러는 거야? 머리를 세차게 흔들어 보고, 딴생각을 하려고
노력하고, 저녁은 뭘 먹을지 고민하는 친구들의 말에 열심
히 메뉴를 골라 봤지만……. 소용없었다. 마치 바이러스에
감염이라도 된 것처럼 이마가 뜨거웠다. 선생님 말처럼 업
데이트 부작용일까?
　아니다. '4학년이 되면' 어플의 부작용이겠지.
　그런데 이 기분이 싫지만은 않았다. 이래서 사랑, 사랑, 하

진이가 노래를 부른 걸까? 이제 겨우 제한 모드에서 풀려났는데, 다시 '사랑'이라는 감옥에 갇혀 버린 것 같다.

평소 하늘이에 대해서 좋게 생각하고 있긴 했다. 말은 별로 없지만 별거 아닌 얘기에도 귀 기울여 주었다. 웃음도 많았다. 작은 일에도 기분 좋은 웃음을 보이고 욱하거나 짜증을 내는 일도 없었다. 운동이면 운동, 공부면 공부. 게다가 그림도 잘 그렸다. 아이들은 하늘이에게 좋아하는 캐릭터를 그려 달라고 종종 부탁했다.

나도 부탁한 적이 있었다. '해피킹'이라는 황제펭귄 캐릭터였는데 하늘이가 똑같이 그려 주어 기뻤던 게 생각난다. 그때까지만 해도 하늘이에게 다른 감정은 없었다. 그저 좋은 친구라고만 생각했지.

그런 하늘이가 왜 아까는 다르게 보였을까? 꼭 얼굴에서 빛이 나는 것 같았다. 다시 가슴이 두근거렸다.

"님아."

하진이가 나를 툭 건드렸다.

"어디 아파?"

나는 황급히 고개를 저었다.

"아프긴. 아니야."

"아니긴 뭐가 아니야. 얼굴이 완전 빨간데. 열나는 거 아님? 그러고 보니 너 아까 보건실도 갔다 왔잖아. 진짜 어디 아픈 거야? 업데이트 하느라 많이 피곤했나?"

그러면서 자신은 업데이트 때 하나도 안 아팠다고, 오히려 자고 일어나니 개운했다며 자랑 아닌 자랑을 늘어놓았다. 그때 잠자코 있던 연재가 눈을 가늘게 뜨고 나를 보았다.

"그건 아닌 것 같은데."

마음을 들여다보는 듯한 연재의 예리한 눈빛에 나는 숨이 턱 막혔다.

"흐음……. 혹시 사랑에 빠진 거 아냐? 솔이 너 맨날 그랬잖아. 하진이 사랑 타령 듣기 싫다고. 사랑 그게 뭐 얼마나 대단하냐고. 그때부터 알아봤지. 아, 솔이는 탈옥하자마자 사랑 제한 모드부터 풀겠구나."

하진이의 눈이 두 배는 커졌다. 내 눈은 아마 세 배쯤, 아니 열 배쯤 커졌을 거다. 입을 다물지 못하던 하진이가 다그치듯 물었다.

"정말이야, 강솔? 정말 사랑에 빠진 거임? 우리 막내가?"

연재도 재밌다는 듯 까르르 웃었다. 내 얼굴은 터질 것처럼 뜨거웠다.

"아, 아니야! 사랑은 무슨……!"

아무리 절친들이라지만 이 마음을 벌써부터 털어놓고 싶진 않았다. 아직 스스로도 잘 모르겠는데, 대체 이게 뭔지 나도 헷갈리는데……. 그러나 잡아떼 봤자 금방 들킬 것 같았다. 이럴 때는 다른 방법이 없었다.

"미안, 얘들아. 오늘은 그만 돌아가 줄래? 진짜 부작용인지 몸이 안 좋아."

나는 거짓말을 해 버렸다. 아이들은 아쉬워했지만 아프다는 나를 의심하진 않았다. 푹 쉬라는 말을 남기고 돌아가는 아이들에게 미안함도 잠시, 얼른 이 마음을 정리하고 싶었다.

그 뒤로 며칠간, 나는 끙끙 앓았다. 이런 걸 뭐라고 하더라? 상사병이라고 하나? 짝사랑에 빠져 혼자만 가슴 아픈 게 너무 힘들었다. 친구들에게 도움을 요청할까 생각했다가 접었다. 하늘이 외에는 누구에게도 마음을 보여 주고 싶지 않았다.

그래서 결심했다.

고백을 하기로 말이다.

학교에서 조금 떨어진 공원 벤치에 앉았다. 오늘따라 하늘은 무척이나 높았다. 맑은 가을 하늘 아래로 바람이 불었다. 우수수 소리를 내며 떨던 나무는 잘 익은 낙엽을 흩뿌렸다. 고백하기에는 좋지 않은 날이었다. 좀 더 우중충했다면, 빨간 얼굴이 조금은 숨겨질 텐데.

하늘이에게 학교 끝나고 잠깐 볼 수 있겠냐고 연락했다. 절대 누구에게도 말하지 말고 혼자만 몰래 나와 달라고도 부탁했다. 문자를 보내 놓고 얼마나 떨렸는지 모른다. 그러다 하늘이에게 알겠다는 답장이 왔을 때는 마치 고백에 성공한 것처럼 좋아서 방방 뛰었다.

아직은 갈 길이 멀었다. 겨우 만나자는 약속을 한 것뿐이었다. 하늘이와 당분간 '썸'을 타야 할지도 몰랐다. 운이 좋으면, '오늘부터 1일'이 될 수도 있다. 그런데 만약 하늘이가 싫다고 하면? 아니다. 최악의 경우는 상상하지 말자. 나는 숨을 크게 쉬고 부르르 입을 풀었다.

"하늘아, 있잖아. 나…… 너 좋아해."

이건 너무 직접적이라 별로다.

"하늘아, 너 나 어떻게 생각해?"

이건 너무 돌려서 묻는 것 같은데.

"하늘아……. 아, 어떡해……."

혼자 고백 연습을 하며 좌절하고 있을 때였다.

"강솔, 뭐 해?"

뒤에서 들려온 소리에 나는 움찔 어깨를 떨었다. 하늘이었다.

"언제 왔어?"

"나? 방금."

"혹시 내가 하는 말 들었어?"

깜짝 놀라 물었더니 하늘이가 고개를 저었다.

"아니, 못 들었는데."

나는 안도의 한숨을 내쉬었다. 하늘이가 그런 나를 보며 싱긋 웃었다. 아이, 진짜. 사람 마음 흔들리게 왜 자꾸 웃는 거야. 그것도 그런 미소를…….

하늘이가 내 옆에 앉았다. 나는 슬쩍 옆으로 자리를 옮겼다. 너무 가까이 있으면 하늘이에게 떨림을 들킬 것 같았다. 하늘이가 말했다.

"왜 보자고 한 거야?"

"어? 아, 어. 그게 있지……."

나는 준비한 쿠키 상자를 내밀었다.

"이게 뭐야?"

"선물. 내가 만든 거야."

"진짜? 이거 나 주는 거야? 와, 고마워! 잘 먹을게."

좋아하던 하늘이가 멈칫하더니 고개를 갸우뚱하며 조심스럽게 물었다.

"그런데……. 이거 왜 주는 거야?"

"네, 네가 전에 해피킹 캐릭터 그려 줬잖아. 고마워서. 하나 먹어 봐!"

다행이라고 해야 할까. 서둘러 둘러댄 변명에 하늘이는 별 의심 없이 쿠키를 한 입 먹었다. 곧 하늘이의 얼굴이 환해졌다. 내 마음에도 딸깍 불이 켜졌다.

"완전 맛있다. 진짜 네가 만든 거야? 파티시에 같아."

그 말이 나를 또 설레게 했다. 파티시에, 나의 장래 희망이다. 전에 장래 희망 발표할 때 얘기했는데 하늘이가 기억하고 있는 걸까? 그렇다는 건 하늘이도 나를……? 나는 별의별 쓸데없는 상상을 하며 쿠키를 먹는 하늘이를 바라보왔다. 하늘이가 나에게도 먹으라 했지만 만들면서 많이 먹었다며 손을 저었다.

'먹는 모습만 봐도 배부르다는 게 이런 거구나.'

어느새 쿠키를 반쯤 먹은 하늘이는 남은 건 아껴 먹겠다며 집에 가져가도 되냐고 물었다. 나는 당연히 된다고 말했다. 하늘이가 만족한 듯 웃으며 쿠키 상자를 조심스레 가방에 넣었다.

"동생한테도 먹어 보라고 주고 싶어. 네가 만들었다고 자랑해야지."

나를 자랑한다고? 왜? 무슨 이유로? 뭐 때문에?

"그런데 이거 주려고 보자 한 거야? 다른 건 없고?"

있어. 완전 있어. 한참 연습했는데 막상 말하려니 입이 열리지 않았다. 이럴 줄 알고 준비한 게 있다. 나는 가방에서 고이 접은 편지를 꺼냈다.

"이거."

하늘이 얼굴에 놀란 기색이 스쳤다. 그야 당연하다. 요즘엔 손으로 편지를 쓰는 일이 거의 없으니까.

하진이가 그랬다. 진심을 전할 때는 손 편지만 한 게 없다고. 평소 언니처럼 구는 건 마음에 안 들지만, 그 충고만은 가슴 깊이 간직하고 있었다. 그래서 준비했다. 하늘이를 향한 마음을 한 글자 한 글자 꾹꾹 눌러 담은 고백 편지를.

"지금 읽지 말고 집에 가서 읽어 줄래?"

하늘이가 고개를 끄덕였다.

"응, 알았어."

숨이 막힐 정도로 떨렸는데, 막상 편지를 전하고 나자 후련했다. 이제 어떻게 되든 내가 할 수 있는 일은 다 했다. 남은 건 하늘이에게 맡겨 두기로 했다. 생각할 시간을 주어야겠지. 나는 자리에서 일어나며 말했다.

"먼저 갈게. 내일 학교에서 봐."

"응, 그래. 잘 가. 쿠키 잘 먹을게."

그렇게 헤어졌으면, 다음 날은 답장을 줘야 하는 거 아닌가? 손으로 쓴 답장이 아니어도 무슨 말이라도 해 줘야지. 좋으면 좋다, 싫으면 싫다. 하루가 가고, 이틀이 가고, 사흘, 나흘, 일주일이 지나도록 하늘이는 대답이 없었다. 누구는 속이 까맣게 타들어 가는데……. 혼자만 아무렇지 않게 잘 지내는 하늘이를 보니 화가 나기도 하고, 속상했다. 밤늦도록 이불을 뒤집어쓰고 훌쩍인 날도 있었다.

그러다 하늘이와 단둘이 있게 된 거다.

돌아가며 하는 미술실 당번 날이었다. 우연의 장난인지, 그날 하늘이도 미술실 정리 당번이었다. 아이들이 돌아가고, 우리 둘은 책상을 닦고 바닥에 떨어진 휴지를 주웠다.

나는 청소에 집중하기 힘들었다. 아무렇지 않게 구는 하늘이를 도무지 참을 수 없었다. 그래도 하늘이가 말을 걸지 않았다면 아무 일 없었을 거다.

"솔아, 미안한데 여기도 좀 닦아 줄래? 물감이 덜 닦였네."

바닥을 쓸고 있던 하늘이가 자기 앞 책상을 가리키며 말했다. 순간 서운한 마음에 나도 모르게 큰소리를 쳤다.

"장하늘, 너는 물감 닦는 게 중요해? 내 마음은 완전 앞도 안 보이게 흐려졌는데?"

하늘이가 고개를 갸웃했다.

"웅? 무슨 말이야?"

"너, 왜 내 편지에 답장 안 해?"

"아, 그거?"

우물쭈물하던 하늘이가 난감한 표정을 지었다.

"답장하려고 했는데 뭐라고 써야 할지를 몰라서."

뭐야? 지금 밀당하는 거야? 아님 썸 타자는 거야? 하늘이 표정으로 보아 그런 건 아닌 것 같았다.

"그럼 싫다고 하든가!"

"미안한데……. 뭐가 싫다는 거야?"

계속 모른 척하는 하늘이의 태도에 화가 났다. 차라리 딱 부러지게 거절하면 마음을 정리하기 쉬울 텐데. 내 마음을 가지고 노는 것 같았다. 그런데도 하늘이를 미워할 수 없는

나 자신이 답답했다. 나는 그만 참지 못하고 큰소리로 고백하고 말았다.

"내가 너 좋다고 했잖아. 좋아한다고. 사랑한다고!"

저질러 놓고 나서야 번쩍 정신이 들었다.

'내가 미쳤지. 방금 무슨 소리를 한 거야?'

나는 도무지 하늘이 얼굴을 볼 수가 없었다. 고개를 푹 숙이고 있는데 하늘이 목소리가 들려왔다.

"저기, 솔아."

"왜."

"미안해."

"미안하긴 뭐가 미안해."

눈물이 날 것 같았다. 인생 첫 고백에 이렇게 차이고 마는 걸까.

"아니, 아니, 그게 아니라."

하늘이는 답답하다는 듯 한숨을 쉬었다.

"아무래도 이상해. 나……."

"너, 뭐……?"

너 나 좋아한다고? 그게 이상하다고? 그거 이상한 거 아니거든! 나도 너 좋아하는 내 마음 이상하게 생각 안 한단 말이야. 이 바보야, 빨리 너도 좋다고 고백하라고! 나는 간절히 바랐다.

그런데 하늘이 입에서는 전혀 예상하지 못한 대답이 튀어나왔다.

"네 말을 도무지 알아들을 수가 없어."

"웅? 무슨 말이야?"

"우히히 우헤헤."

"우히히 우헤헤?"

하늘이가 바로 그거라며 고개를 끄덕였다.

"네 말이 그렇게 들린다고. 정말이야."

머리를 망치로 한 대 얻어맞은 듯했다. 그때 뒤에서 풉 하는 소리가 들렸다. 얼른 고개를 돌려 보니 하진이었다.

"미안, 태블릿을 놓고 가서."

모퉁이에 숨은 하진이가 입을 가린 채 웃고 있었다.

"넘아, 사랑을 시작했으면 이 언니한테 먼저 말을 했어야지. 그래야 도움을 줄 거 아님?"

나는 심각한데, 하진이는 뭐가 그렇게 재미있는지 싱글벙글이었다.

"먼저 얘기했으면 사랑 제한 모드에 걸린 것쯤은 알아봐 줬을 텐데. 우리한테 왜 말 안 한 거임?"

너 같으면 얘기하고 싶겠냐? 이렇게 비웃을 거면서. 나는 하진이를 째려보다 고개를 숙였다. 혼자 멍청한 짓을 한 것 같았다.

그러니까 하늘이는 아직 '사랑 제한 모드'에 걸려 있었던 거다.

"생일 지났으니까 탈옥했을 거라고 생각했지."

탈옥을 했으니 사랑 제한 모드는 당연히 풀었을 줄 알았다. 그런데 그게 아니었다니. 하늘이는 사랑에 전혀 관심이 없었고, 아직까지 사랑 제한 모드 중이었던 거다. 그래서 내 사랑 고백이 '우히히 우헤헤'로 들린 거고. 심지어 편지조차도 알아볼 수 없는 외계 문자처럼 쓰여 있었다고 한다.

"완전 사기야. 이런 게 어디 있어?"

"어디 있긴 어디 있냐? 그러니까 상대방 모드 정도는 알아보고 들이댔어야지."

"들이대긴 누가 들이댔다고!"

"완전 잘 들이대던데? 내가 너 좋아한다고! 사랑한다고!"

하진이가 나를 따라 하자, 연재는 큭큭 웃으면서도 그만 놀리라고 하진이를 말렸다. 한편 연재는 하늘이의 마음이 이해된다고 했다. 그러고 보니 연재의 친언니인 5학년 은재 언니도 아직 사랑 제한 모드를 풀지 않았다.

결국 아이들마다 마음이 다 다르다는 걸 몰랐던 내 잘못이다. 탈옥을 했다 해도, 누군가는 사랑 제한 모드를 풀고 싶은 마음이 없을 수도 있다는 걸 왜 몰랐을까.

하진이는 내게 혹시 또 다른 사랑을 찾고 싶냐고 물었다.

"그건 왜?"

"내가 좀 알아봐 줄게. 찾아보면 사랑 제한 모드 푼 애들 꽤 많을걸? 말을 안 해서 그렇지."

그래, 그게 문제였다. 사랑 제한 모드를 풀었다고 떠벌리고 다니는 애들은 잘 없었다. '나 사랑할 준비가 됐어요!' 이렇게 말해 준다면 사랑하기가 더 수월했을까?

"고맙지만 됐네요."

나는 고개를 저었다.

"왜? 사랑하기 싫어?"

하진이가 의아하다는 듯 물었다.

"아니, 그건 아닌데."

그렇다고 그런 식으로 사랑을 하고 싶진 않았다. 아무나 사랑하기 위해 사랑 제한 모드를 푼 건 아니니까. 사랑 제한 모드를 푼 건, 진짜 사랑을 찾고 싶어서였으니까. 아무리 하진이가 질투 난다 한들, 하진이가 연애한다는 이유만으로 따라서 연애하는 건 우스운 일이다.

"그럼 어쩌려고?"

하진이가 물었다.

"기다려 봐야지."

"뭘 기다려?"

그때 연재가 한쪽 입꼬리를 올리며 혀를 찼다.

"하진이는 바보. 솔이가 뭘 기다리겠니?"

역시 눈치 빠른 연재는 내 마음을 속속들이 알고 있다. 연재가 내 어깨를 톡톡 두드렸다.

"잘해 봐. 응원할게."

"고마워."

우리 두 사람의 비밀 같은 대화에 하진이가 인상을 찌푸렸다.

"아, 무슨 소리를 하는 거야. 님들아, 나도 알려 달라고요!"

연재가 싫다며 혀를 쏙 내밀자 하진이는 방방 뛰었다.

"아우, 답답해. 사랑 그게 뭐라고 이렇게 어렵게 하냐? 그냥 쉽게 쉽게 좀 해!"

그래, 하진이 말대로 사랑 그거 쉽게 하면 얼마나 좋을까. 하지만 나는 그러지 않겠다고 다짐했다.

탈옥을 했다는 건, 언젠가 사랑 제한 모드가 풀릴지도 모른다는 소리다. 하늘이의 사랑 제한 모드가 풀리는 그날까지, 나는 진득하게 기다려 볼 생각이다. 그렇게 생각하면 내 고백은 조금 미루어졌을 뿐, 실패한 게 아니다. 그때까지 썸 아닌 썸을 타며 하늘이에게 점수를 딸 수도 있는 거고. 그러다 어느 날, 하늘이도 나처럼 사랑 제한 모드가 해제되는 날, 나에게 한눈에 반할지도 모르는 일 아닌가?

"솔아, 그래서 이제 어떡할 거야?"

연재가 물었다.

"우선은 쿠키부터 실컷 만들어 주려고. 내가 만든 쿠키를 좋아하더라고."

"네가 만든 쿠키? 생각만 해도 먹고 싶다."

"그럼 우리 집에 갈까? 쿠키 만들어 줄게."

내 말에 하진이가 가장 먼저 일어났다.

"솔이 쿠키라면 놓칠 수가 없지!"

그때 우리들 앞으로 하늘이가 지나갔다. 우리는 얼음이 됐다. 막상 하늘이는 언제 그런 일이 있었냐는 듯 해맑은 얼굴로 나에게 손을 흔들었다.

"잘 가, 강솔!"

내 가슴에 반짝 해가 들었다. 나도 활짝 웃으며 손을 흔들었다.

"응! 잘 가, 장하늘!"

옆에서 지켜보던 하진이가 입을 삐죽이며 물었다.

"쟤 뭐임? 너한테만 인사하네?"

"그러게? 왜 그런지는 나도 몰라."

이상하게도 자꾸만 웃음이 새어 나왔다.

나는 아직 사랑에 서툴다. 그래서 기다리는 게 힘들지도 모른다. 그런데도 이 설렘, 이 떨림이 싫지 않다. 언제까지고 간직하고 싶었다. 탈옥 어플을 깐 건 정말이지 잘한 일 같다. 비록 아빠를 속인 게 찔리긴 해도, 언젠가 털어놓으면 아빠도 용서해 주지 않을까? 그리고…….

누가 뭐래도 나는 열한 살 4학년이다. 언제까지 어린아이일 수만은 없다. 그렇게 새로운 변화가 시작되는 거니까. 하진이 말마따나 세상의 진실을 깨닫는 순간이었다.

4학년이 되면 '짝'사랑이 시작되는 거다.

우주 브로콜리는 지구를 정복하지 않아

문이소

미술실 뒷정리가 너무 늦게 끝났다. 혹시 영혜가 기다리고 있을까 봐 교실에 들렀다 오는 바람에 더 늦었다. 고양이들이 가 버렸으면 어쩌지?

치즈랑 알록이는 달뜨락 공원과 뒷산 사이에 사는 고양이들이다. 처음 봤을 땐 내 손바닥만 했는데 이젠 어엿한 '캣초딩'이 됐다. 얼마나 예쁘고 늠름한지! 공원에도 산에도 고양이가 물 마실 곳이 없어 나는 영혜와 같이 물을 주러 다녔다. 영혜랑 싸우기 전까진 말이다.

사실 싸운 것도 아니다. 새끼 고양이한테 츄르를 줄까 북어채를 줄까 얘기하다 그렇게 됐다. 난 북어채를 주자고 했다. 북어채는 집에 있는 걸 물에 담갔다가 주면 되니까 편하고 부담이 없어서 좋았다. 그런데 영혜는 츄르를 주자고 했다. 영양분이 많으니 새끼한텐 츄르가 좋다는 거였다. 나는 고양이들이 츄르에 맛 들여서 다른 걸 안 먹으면 어쩌냐고 반대했지만, 사실은 용돈이 적어 츄르를 사기가 부담스러워서 그랬다.

그다음부터 영혜랑 나는 따로따로 물을 주러 다녔다. 교실에서 만나도 못 본 척 했고 급식 먹을 때도 강지랑 은미하고만 이야기했다. 영혜도 나를 못 본 척 했고 말도 걸지 않았다. 유치원 때부터 단짝이었는데 이런 일로 멀어질 줄이야. 에휴…….

오늘은 북어채 네 개를 챙겨 왔다. 물그릇에 물을 채우고 북어채를 옆에 두었다. 조릿대 사이에서 치즈랑 알록이가 얼굴을 쏙 내밀었다. 그새 또 큰 것 같았다. 참참참, 목이 많이 말랐는지 허겁지겁 물을 마셨다.

"너희들은 내가 주는 물 마시고 이렇게 잘 크는데, 강낭콩들은 왜 그럴까?"

에휴, 자꾸 한숨만 나온다.

오늘 아침에 셋째 강낭콩마저 죽었다. 둘째 강낭콩처럼 이파리가 누레지고 줄기가 흐물흐물해지더니 결국 그렇게 되었다. 첫째 강낭콩은 싹이 나다가 갈색으로 변해 죽었는데. 물도 잘 주고 열심히 돌봤는데 왜 이렇게 됐을까?

"관찰 일기에도 죽었다고 써야 하나? 1반은 관찰 일기만 냈다던데 우리 반은 관찰 일기도 내고 화분도 가져가야 해서 거짓말로 쓰기도 좀 그래. 영혜한테 강낭콩 한 뿌리만 빌려달라고 할까? 지난주에 보니까 꽃도 피었던데……. 얘들아, 먹다 말고 어디 가?"

치즈랑 알록이가 조릿대 사이에서 마른 나뭇가지를 물고 왔다. 시들어서 축 늘어진 덩굴과 이파리가 바닥에 질질 끌렸다. 알록이는 나뭇가지를 내 앞에 내려놨다.

"픕, 이거 나한테 주는 선물이야? 내일 강낭콩 대신에 가져가라고?"

치즈랑 알록이는 꼬리를 살랑살랑 흔들더니 조릿대 사이로 사라졌다. 그 와중에도 먹다 만 북어채는 챙겨 갔다. 참 야무지게 컸다.

  ─이봐, 나도 물…… 물 좀…….

"네?"

주위엔 아무도 없었다. 저만치 산책로를 따라 걷는 사람들만 보였다.

"뭐지, 잘못 들었나?"

  ─아니…… 제대로 들었……어. 여기, 여……기…….

간질간질, 왼쪽 발목에 뭔가가 닿았다. 이파리? 아까 알록이가 물어다 준 나뭇가지 덩굴이 꾸물꾸물 움직이며 발목을 휘감고 올라왔다!

–제, 제발 무울…… 물, 물 좀…… 줘.

"으아아아아아악!"

나는 뒤도 안 돌아보고 뛰었다. 걸음아, 날 살려 줘!

집까지 10분은 걸리는데 3분 만에 도착했다. 엘리베이터를 기다릴 수가 없어서 4층까지 한 번도 안 쉬고 뛰어 올라갔다.

삐로로롱, 철커덩, 꽈당!

현관문을 닫고 보조 키까지 잠갔다. 다리가 풀려서 가방도 못 벗고 주저앉았다. 쿵쾅쿵쾅, 심장이 터질 것 같았다. 땀이 하도 나서 온몸이 비를 맞은 것처럼 쫄딱 젖었다. 땀이 턱에서 바닥으로 뚝뚝 떨어졌다. 툭, 가방에서도 뭔가가 떨어졌다.

–아아…… 네 땀…… 미지근……해. 짜고 양도 적지만…… 마시니까 좀 낫다.

이게 뭐지? 내 발밑에 아까 그 나뭇가지가 덩굴을 흐느적거리며 서 있었다. 덩굴손으로 바닥에 떨어진 내 땀방울을 빨아 먹으면서 말이다. 쪼옥쪽, 한 방울도 남기지 않고 다 마셨다.

－미안, 놀랐지? 내가 오랫동안 물을 못 마셔서 위험했거든. 고양이들이 너라면 도와줄 거라며 데려다줬어.

머릿속에서 목소리가 한결 또렷하게 울렸다. 하늘하늘, 나뭇가지가 자길 보라는 듯 이파리를 흔들었다.

"설마…… 지금 네가 말하는 거야?"

－응! 잘 들리지? 네 뇌에 내 생각을 직접 전하고 있어. 있잖니, 미안하지만 물 좀 더 얻어 마실 수 있을까?

나뭇가지는 부끄러운 것처럼 덩굴을 배배 꼬았다. 너무 귀엽잖아! 나는 냉면 대접에 물을 가득 떠서 나뭇가지 옆에 내려놨다. 나뭇가지는 덩굴부터 물에 담그더니 퐁당, 대접에 들어갔다. 그러고는 온몸으로 물을 빨아들였다. 곧 몸은 생생한 초록색으로 변했고 작은 브로콜리 같은 머리가 생겼다. 늘어졌던 덩굴에 힘이 들어가고 쪼그라 붙었던 이파리가 살살 펴지며 통통한 하트 모양이 되었다. 강낭콩이랑 똑 닮았다.

-후아! 지구 물맛 진짜 끝내준다. 조금 더 줄 수 있니?

지구 물맛이라니? 아무튼 이번엔 세숫대야 한가득 물을 담아 줬다. 그 물까지 다 마시자 나뭇가지는 큼직한 브로콜리가 되었다. 살랑살랑 움직이는 강낭콩 이파리가 잔뜩 달린 긴 덩굴은 잠시도 가만히 있지 않았다.

-정말 고마워, 인간! 이 도움은 꼭 보답할게.

"어, 그래. 꼭 그러면 좋겠다. 그런데 넌 누구니?"

-정식으로 인사할게. 나는 차우주트 행성에서 온 외계 문명 탐험가야. 은하 두 개를 가로질러 지구에 왔지. 반가워!

우주에서 온 브로콜리가 덩굴을 뻗어 큼직한 이파리 하나를 내밀었다. 악수하자는 뜻인가? 나는 손바닥으로 이파리를 살짝 건드렸다. 그러자 비 온 다음 날 숲에서 나는 냄새가 확 퍼졌다. 와, 꼭 산림욕장에 온 것처럼 상쾌해서 절로 웃음이 났다.

"나는 하이랑, 친구들은 그냥 하이라고 불러. 그리고 지구인이고, 여자아이고, 한국 사람이고, 청운초등학교 4학년 2반이야."

-고양이들한테 네 얘기 들었어. 물을 나눠 주는 인간인데 다정하고 믿음직하다고.

"대박! 고양이랑 말이 통해?"

-지금 너하고 대화하듯 텔레파시로 하는 거야. 우린 많은 생명체와 이렇게 소통해. 우리 차우주트 종족의 능력 중 하나야.

"그런데 지구엔 왜 왔어? 설마…… 지구 정복? 인간을 노예로 삼고 지구를 약탈하려고?"

-으엑, 정복은 무슨 정복! 그런 끔찍한 짓을 우리가 왜 해? 우린 외계 문명을 찾아다니고 있어. 알려지지 않은 행성을 돌아보면서 우정을 나눌 생명체를 찾는 거지. 우주는 무한히 넓거든. 친구가 없으면 너무 외로울 거야. 넌 지구에서만 살아서 잘 모를 수 있겠다. 내가 우주를 보여 줄까?

우주 브로콜리가 덩굴을 뻗어 내 오른손을 살포시 잡았다. 간질간질, 보드라운 이파리가 나를 둥그렇게 감쌌다. 내 주위로 넓고 깊은 어둠과 작고 환한 빛 덩어리들이 천천히 흘러갔다. 우……주, 우주다! 어둠은 점점 더 커졌고 빛 덩어리들은 빠르게 멀어져 갔다. 멋지고 아름답지만 어쩐지 쓸쓸했다. 간질간질, 다시 손바닥이 간지럽더니 천천히 우주가 사라졌다. 나는 거실 바닥에 앉아 우주 브로콜리를 마주 보고 있었다.

"세상에, 진짜 우주에 있는 것 같았어! 뭘 어떻게 한 거야?"

─별거 아니야. 그냥 내가 지구에 오면서 본 우주를 너한테도 보여 준 거야.

친구를 사귀려고 이 끝도 없이 넓은 우주를 여행하다니……. 영혜는 지금 뭐 하고 있을까?

"그래서 새로운 친구들은 많이 만났니?"

─꽤 여럿 만났지. 다들 지구인이랑 많이 달라. 예를 들어 지구 가까이에 있는 첸시고롱 선주민은 구름처럼 둥실둥실 떠다니며 살아. 생김새도 구름이랑 비슷한데 노래를 참 잘해. 노래 잘하기로는 와키미라이 선

주민도 빼놓을 수 없지. 지구의 소리와는 많이 다른데 언젠가 꼭 너한테
들려줄게.

"혹시 너 말고 다른 차우주트 선주민도 지구에 왔니?"

－응, 여럿이 같이 왔지. 다들 흩어져서 지구 생명체들을 만나고 있어.
나는 이 도시를 돌아보기로 했고. 그래서 말인데, 네가 좀 도와줄래? 이
도시를 안내해 주면 좋겠는데.

"내가? 아우, 나 지금 '강낭콩 키우기' 관찰 일기 때문에 골치 아픈데. 키우던 강낭콩이 다 죽었거든. 어떻게 해야 할지 모르겠어."

－죽었다고? 내가 좀 봐도 될까?

우주 브로콜리와 함께 강낭콩이 있는 베란다로 갔다. 뿌리 같은 다리인지 다리 같은 뿌리인지, 아무튼 성큼성큼 잘 걸었다. 우주 브로콜리는 덩굴을 뻗어 죽은 강낭콩을 살살 어루만졌다.

－이런, 흙에 물이 너무 많았나 보네. 네 말이 맞아, 생명 활동은 끝났어.

"그래서 큰일이라고. 내일 관찰 일기랑 강낭콩 화분을 학교에 가져가야 하거든. 얼마나 놀림받을까?"

－어디로 가져간다고?

"학교라고, 어린이들이 모여 공부하는 곳이야. 지구인들은 어릴 때 공부를 많이 하거든."

－오오, 지구인들도 모여서 공부하는구나! 하이, 나 학교에 가 보고 싶어! 내가 강낭콩 흉내 낼게. 나 데리고 가라, 응?

우주 브로콜리는 강낭콩과 똑 닮은 이파리를 흔들며 덩굴을 몸통 쪽에 바짝 붙였다. 브로콜리 같은 머리는 큰 이파리를 다닥다닥 붙여 안 보이게 가렸다. 줄기가 좀 두껍긴 하지만 대충 강낭콩처럼 보였다. 괜찮은데?

"좋아, 내일 학교에 같이 가자. 대신 애들한테 말을 걸거나 움직이지 말고 가만히 있어야 해. 수업 다 끝나면 내가 학교 구경시켜 줄게. 알았지?"

우주 브로콜리는 신이 난 듯 제자리에서 폴짝폴짝 뛰었다. 난 네 번째 관찰 일기를 썼다. 강낭콩이 죽은 줄 알았는데 살아났다고, 오히려 더 튼튼해졌으니 곧 꽃도 피울 거라고. 그림도 열심히 그렸다. 다 쓰고 보니 관찰 일기가 아니라 관찰 일기 같은 동화가 되어 버렸다. 그래도 했으니까 됐다. 만세!

*

-하이, 아무리 생각해 봐도 너무 답답할 것 같아. 그냥 몰래 돌아다

니면서 구경하면 안 되나? 사람들한테 안 들키면 되잖아.

몰랐는데 우주 브로콜리는 엄청난 수다쟁이였다. 모처럼 지구에 왔으니 여기저기 다녀 보겠다며 내내 조르고 또 졸랐다. 학교 교문 앞까지 왔는데도 멈추지 않았다. 머리가 다 지끈지끈했다.

"안 된다니까. 지구에는 우주 브로콜리 같은 생명체가 없잖아. 갑자기 움직이면 다들 대낮에 귀신 나온 줄 알걸? 괴생명체가 나타났다고 신고할지도 몰라.

–그래, 알았어. 나 때문에 외계 생명체에 대해 안 좋은 생각을 가지면 안 되지. 그런데 우주 브로콜리가 뭐야? 혹시 지구식 내 이름?

"응, 어때? 우주 브로콜리, 줄여서 콜리."

–좋아, 이름은 많을수록 좋지! 지구식 내 이름은 우주 브로콜리, 줄여서 콜리!

학교에 들어서자 콜리는 약속대로 강낭콩인 척 가만히 있었다. 하지만 텔레파시로 '저건 뭐야? 이건 뭐야?'하며 계속 물어봤다. 난 콧노래를 부르는 척하며 중얼중얼 답해 줬다. 누가 들을까 봐 조마조마했다.

드르륵, 교실 문을 열었다. 운동장 쪽 선반에 강낭콩 화분이 쭉 놓여 있었다. 화분은 모두 스물세 개, 안 가져온 사람은 한 명도 없었다. 강낭콩은 다 건강했다. 꽃이 핀 것도 많고 콩깍지가 생긴 것도 여럿 있었다. 죽은 강낭콩을 가져왔으면 정말로 망신당할 뻔했다. 난 콜리가 눈에 띄지 않게 커튼 뒤에 두었다. 자세히 보지 않는 한 다들 강낭콩인 줄 알 거다.

"하이랑, 네 강낭콩 좀 이상한데?"

으익, 참견왕 김준수! 언제 왔는지 내 옆에 서서 콜리를 요리조리 살폈다. 뒷문 쪽에 앉은 영혜가 날 흘낏 봤다. 영혜는 지난주에 우리 집에 왔었다. 내 강낭콩 두 뿌리는 죽고 한 뿌리도 시들시들한 걸 봤는데. 지금 내 화분을 보면 강낭콩이 너무 싱싱해서 이상하다고 생각할 거다. 김준수가 그만 가면 좋겠는데 눈치 없이 계속 말을 걸었다.

"진짜야, 하이랑 네 강낭콩은 다른 강낭콩하고 다르다니까. 몸통이 스무 배는 두껍고 잎이 위에 몰려 있어. 돌연변이 강낭콩인가?"

-하이, 얘 네 친구니? 소개시켜 주라.

"아악! 그만해!"

"알았어, 알았어. 근데 강낭콩에 이름표가 없네? 나 하나 있는데 줄까?"

김준수는 내가 대답도 하기 전에 잽싸게 이름표랑 네임펜을 가져왔다.

"없어도 괜찮은데."

-그럼, 내가 받을게.

갑자기 콜리가 덩굴을 스르륵 내밀었다! 나는 얼른 김준수 손을 덥석 잡고 흔들면서 와하하, 크게 웃었다.

"고맙다, 김준수! 내가 까먹고 이름표를 안 가져왔는데 고맙다! 정말 고마워!"

"잠깐만 하이랑, 방금 네 강낭콩 움직인 것 같은데?"

"움, 움직이다니, 바, 바람이 불어서 흔들린 거지. 이름표에 강낭콩 이름만 쓰면 되나?"

"강낭콩 이름 말고 네 이름을 써야지. 심은 날짜랑. 그런데 너 왜 그렇게 땀을 흘리냐?"

너 때문에 그렇다고, 빨리 네 자리로 가라고 소리 지르고 싶은 걸 꾹 참았다. 콜리는 들뜬 건지 흥분한 건지 계속 '쟤 누구야, 저건 뭐야, 대답 좀 해 줘' 하며 계속 말을 걸었다. 머리가 지끈지끈, 열까지 나는 것 같았다. 나는 콜리에게 대꾸하지 않았다. 교실에서 강낭콩에 대고 혼잣말하다 들키면 무슨 꼴을 당할 줄 알고. 어휴, 5교시까지 안 들킬 수 있을까 모르겠다.

"으갸각, 끄아악!"

옆 반에서 엄청난 괴성이 들렸다. 우당탕 쿵쾅! 의자가 넘어지고 책상이 쓰러지는 소리도 났다. 아직 1교시 수업이 안 끝났는데 왜 저 난리지? 반 애들이 덩달아 웅성거렸다. 참다못한 담임 선생님이 옆 반에 다녀왔다.

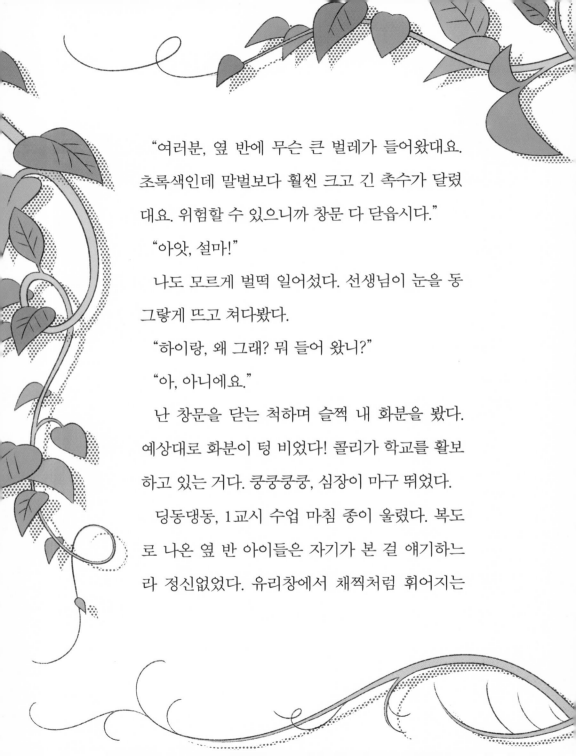

"여러분, 옆 반에 무슨 큰 벌레가 들어왔대요. 초록색인데 말벌보다 훨씬 크고 긴 촉수가 달렸대요. 위험할 수 있으니까 창문 다 닫읍시다."

"아앗, 설마!"

나도 모르게 벌떡 일어섰다. 선생님이 눈을 동그랗게 뜨고 쳐다봤다.

"하이랑, 왜 그래? 뭐 들어 왔니?"

"아, 아니에요."

난 창문을 닫는 척하며 슬쩍 내 화분을 봤다. 예상대로 화분이 텅 비었다! 콜리가 학교를 활보하고 있는 거다. 쿵쿵쿵쿵, 심장이 마구 뛰었다.

딩동댕동, 1교시 수업 마침 종이 울렸다. 복도로 나온 옆 반 아이들은 자기가 본 걸 얘기하느라 정신없었다. 유리창에서 채찍처럼 휘어지는

줄기가 내려왔다, 리코더만 한
브로콜리가 창문에 붙어 있었다,
야구 방망이처럼 컸다, 흐느적거
리며 춤도 췄다 등등. 수업 시간
내내 신경 쓰여서 선생님 말씀이
하나도 안 들렸다.

 점심시간이 되었다. 화분
은 여전히 텅 비었다. 은
하 두 개를 건너 지구에
친구를 사귀러 왔다고
했을 때 눈치챘어야 했
다. 가만히 못 있는 거,
심심한 걸 못 견디는 거

말이다.

나는 급식을 평소보다 조금 받았다. 얼른 먹고 콜리를 찾을 생각이었다. 항상 급식을 같이 먹었던 영혜, 강지, 은미가 옆에 앉았다.

"하이, 너 왜 혼자 먹고 있어? 혹시 무서운 얘기 들어서 그래?"

"무슨 무서운 얘기?"

"지금 우리 학교에 벽을 타고 뛰어다니는 스파이더 브로콜리 귀신이 나타났대! 본관, 별관 다 돌아다니고 있대."

땡그랑! 나는 젓가락을 떨어뜨렸다. 손이 파르르 떨렸다. 은지랑 강미는 내가 놀라니까 더 신이 나서 말했다.

"아니야, 브로콜리가 아니고 초대형 사마귀를 닮은 거미 귀신이래."

"어떤 6학년 언니가 그러는데, 창문에 매달려 있다가 애들이랑 눈이 마주치면 촉수 같은 게 나와서 막 흐느적거린대."

"이상한 냄새도 나서 선생님들이 다 교무실에 모였대. 밥도 안 먹고 비상 회의 한다더라."

"와, 오늘 단축 수업 하나? 그런데 하이, 너 왜 밥을 먹다 말아?"

"속이 안 좋아서. 나 먼저 갈게, 얘들아."

영혜가 같이 가자는 듯 일어섰지만 혼자 얼른 나왔다.

나는 급식실 입구에 있는 화단부터 훑어봤다. 혹시나 싶어 수돗가에도 가보고 복도마다 구석구석 살펴봤지만 콜리의 그림자도 안 보였다. 아직 점심시간이 20분 남았다. 더 찾아볼까? 그런데 교실에서 영혜가 급하게 뛰어나왔다.

"하이, 빨리 와 봐."

"왜, 왜 그래?"

영혜는 운동장 쪽 창가 커튼을 살짝 들었다. 난 눈을 벅벅 비볐다. 강낭콩 화분들 사이로 콜리가 사뿐사뿐 걸어오더니 내 빈 화분에 발을 집어넣다 말고 우뚝 멈췄다. 진짜 쟤를 어쩜 좋아?

―어, 들켰네. 하이, 미안해. 한 바퀴 돌면서 슬쩍 구경만 하려고 했는데,

다들 열광적으로 인사를 하더라고. 나도 같이 인사했더니 좀 피곤하네.

난 영혜 얼굴부터 살폈다. 저 뜨악한 표정, 큰일 났다.

"하이, 너 학교에 뭘 들고 온 거야?"

"야, 너희 둘 커튼 속에서 뭐 하…… 저게 뭐야!"

김준수가 커튼을 확 젖혔다. 내 화분 속으로 발을 쏙쏙 집어넣은 콜리는 덩굴과 이파리를 태연하게 흔들었다. 하필 김준수에게 들키다니, 진짜 제대로 망했다.

"와, 대박! 얘들아, 이리 와 봐! 하이가 강낭콩 브로콜리 하이브리드 귀신을 가져왔어!"

ㅡ귀신이라니, 난 외계 생명체야. 지구식 이름은 우주 브로콜리, 줄여서 콜리. 지구의 미래 세대를 만나게 돼서 정말 기뻐어어억!

콜리가 호들갑을 떨며 인사하는데 영혜가 수건으로 콜리를 덮었다. 난 김준수 발을 꽈악 밟았다.

"끄아악! 왜, 왜 발을 밟아!"

"김준수, 네 발밑에 바퀴벌레! 으잇, 도망간다!"

교실은 순식간에 난장판이 되었다. 아이들이 책상으로 뛰어오르고 제자리에서 펄쩍펄쩍 뛰었다. 그사이 영혜는 수건을 덮은 콜리를 들고 교실 밖으로 뛰어나갔다. 난 김준수를 꽉 잡고 영혜를 따라갔다. 영혜가 뛰면서 말했다.

"미술실?"

나는 고개를 끄덕였다.

별관 지하에 있는 미술실은 대낮에도 어둑어둑했다. 바로 옆에 있는 화장실에선 늘 이상한 냄새가 났는데 고양이 시체가 썩고 있다는 소문이 돌았다. 무서워서 학생들은 잘 안 가는 곳이다. 하지만 나랑 영혜는 1학년 때부터 미술실에 자주 왔기 때문에 무섭지 않았다. 오히려 조용해서 좋았다. 우린 미술실에 들어가 문을 잠그고 바닥에 쪼그리고 앉았다. 김준수가 물었다.

"하이랑, 아까 바퀴벌레 때문에 내 발 밟은 거 아니지?"

"쉿."

영혜가 콜리를 덮어 둔 수건을 치우자, 콜리는 화분에서 폴짝 뛰어나왔다. 덩굴과 이파리가 몽땅 뾰족뾰족하게 선 걸 보니 단단히 짜증이 난 것 같았다.

-내가 지구 사정을 잘 모르니까 가만히 있었는데, 좀 서운해. 그냥 좀 둘러본 것뿐인데 이렇게 거칠게 굴다니.

"콜리, 지금 얘네들 얼굴 좀 봐. 정말 많이 놀란 것 같지 않니?"

영혜도 많이 놀란 듯했지만 김준수는 기절할 것 같은 얼굴이었다. 머릿속에서 콜리 목소리가 들리는 게 이상한지 머리를 흔들고 귀를 두드렸다. 뾰족뾰족 서 있던 콜리의 이파리가 스르륵 내려왔다.

-오늘 저런 얼굴 많이 봤지. 미안하다, 난 지구인을 보면 반갑거든. 그래서 지구인들도 날 보면 반가워할 줄 알았어.

콜리의 덩굴이 모두 축 늘어져 땅바닥에 닿았다. 완전히 풀이 죽은 모습이었다. 영혜가 머뭇거리며 작게 말했다.

"하이, 저 하이브리드 강낭콩 브로콜리한테 반갑다고 전해 줄래?"

"나도 나도! 놀란 건 맞는데 싫은 건 아니라고 전해 주라."

김준수까지 나서자 콜리는 언제 풀이 죽었냐는 듯이 하늘하늘 이파리를 움직였다. 여린 바람결에 따라 춤을 추듯 조심스레 덩굴을 뻗어 영혜와 김준수에게 보드라운 연두색 이파리를 내밀었다.

─차우주트 행성의 모든 초록을 대표해서 인사할게. 난 지구인과 우정을 나누고 싶어서 우주를 건너왔어. 그대들과 친구가 된다면 온 우주를 내 향기로 채울 만큼 기쁠 거야.

영혜랑 김준수가 날 바라봤다. 어쩌냐고 묻는 눈치다. 흠흠, 목을 가다듬고 말했다.

"만져도 돼, 괜찮아."

영혜와 김준수가 콜리의 이파리를 잡자 미술실에 숲 냄새가 가득 차올랐다. 은은한 레몬 향기와 신선한 흙냄새도 났다. 비염 때문에 수시로 코맹맹이 소리를 하던 김준수는 코가 뻥 뚫렸다며 신기해했다. 영혜가 물었다.

"하이, 넌 콜리를 어디서 만났어?"

"어제 고양이들 물 주러 갔는데 고양이들이 데려왔어."

김준수가 쏙 끼어들며 물었다.

"그러니까 하이랑 넌 강낭콩 대신에 고양이가 물어 온 외계 생명체를 학교에 가져왔다는 거군. 그럼 네 강낭콩은 어디 있어?"

－그 강낭콩들은 생명 활동을 멈췄어. 그래서 내가 대신 강낭콩 흉내를 내기로 하고 왔지.

영혜랑 김준수가 동시에 날 뚫어지게 쳐다봤다. 난 고개를 푹 숙였다. 키득키득, 누가 먼저랄 것도 없이 웃었다. 영혜는 자기한테 말했으면 한 뿌리 줬을 거라고 했다. 김준수는 죽은 강낭콩을 가져와서 왜 죽었는지 발표했다면 내가 최고 점수를 받았을 거라고 했다. 흠, 듣고 보니 또 그럴듯했다. 강낭콩을 죽여 본 사람은 나밖에 없지 않나? 왜 죽었는지, 흙에 물이 많으면 어떻게 변하는지 잘 아니까 그걸 발표할걸. 진즉에 이 생각을 했으면 콜리를 학교에 안 데려 왔을 텐데!

그때 스피커에서 지지직 소리가 났다. '아아, 아아' 하며 교내 방송이 나왔다.

"청운초등학교 학생 여러분, 오늘 오전 교내에 맹독성 가스를 뿜는 특이 곤충이 출현했습니다. 여러분의 안전을 위해 현재 방역 업체가 긴급 소독을 실시할 예정입니다. 학생 여러분은 선생님의 안내에 따라 질서 있게 운동장으로 이동하기 바랍니다. 다시 한번 알립니다……."

"맹독성 가스? 콜리, 이게 무슨 소리야?"

-아까 어떤 지구인이 날 막 잡으려고 하길래 내가 냄새를 좀 뿌렸거든. 그런데 맹독은 아니야, 그 지구인 입에서 나는 냄새를 되돌려준 건데. 지구인은 다 입에서 비슷한 냄새가 나던걸.

아압, 영혜는 입을 꾹 다물고 웃었다. 푸합, 김준수는 팔뚝으로 입을 꽉 막고는 어깨를 들썩거리며 웃었다. 나도 양손으로 입을 가리고선 콜리에게서 멀찍이 서서 말했다.

"콜리야, 미술실 서랍에 숨어 있으면 안 될까? 학교 끝나고 나랑 영혜가 데리러 올게."

-난 닫힌 공간엔 못 있어. 가만히 있는 것도 너무 힘들고.

김준수가 이해한다는 듯 고개를 끄덕이다가 이마를 탁, 쳤다.

"학교 화단에 숨어 있으면 어떨까? 앞 화단 말고 별관 뒤에 있는 화단 그쪽으로는 아무도 안 다녀서 괜찮을 것 같아."

우린 은밀하게 미술실에서 나왔다. 펄럭펄럭, 걸을 때마다 콜리를 덮은 수건이 움직였다. 나쁜 짓을 하는 것도 아닌데 심장이 벌렁벌렁했다.

별관 뒷문으로 나가면 바로 화단인데 뒷문이 모조리 잠겨 있었다. 하는 수 없이 앞문으로 나가서 운동장 가장자리를 돌아서 가야 했다. 담임 선생님이나 같은 반 아이들에게 들킬까 봐 어찌나 조마조마한지! 땅만 보면서 서둘러 걷는데 갑자기 김준수가 우뚝 멈췄다.

"왜 그래, 무슨 일인데?"

"저기 봐 봐."

운동장으로 새하얀 밴 세 대가 들어왔다. 옆면에는 '드림 방역 소독 : 무엇이든 잡습니다'라고 크게 쓰여 있었다. 하얀 방역복을 입은 사람들이 밴에서 우르르 내렸다. 총처럼 생긴 방역 소독기와 커다란 잠자리채와 촘촘한 철망이 쳐진 이동장을 들고 본관으로 들어갔다. 느낌이 좋지 않았다. 우린 거의 뛰다시피 걸었다.

별관 뒤 화단에는 아무도 없었다. 들고 온 화분을 땅에 내려놓자 콜리가 재빨리 뛰어내려 맥문동이 무성한 구상나무 아래로 들어가 숨었다. 우린 화단에서 나뭇가지랑 낙엽을 주워서 구상나무 아래 수북이 쌓아 두었다. 이제 콜리는 그림자도 안 보였다.

"됐다!"

"얘들아, 뭐 하니? 거기에 뭐 있어?"

방역복을 입은 기사님 둘이 우리 쪽으로 걸어왔다. 한 사람은 잠자리채, 다른 한 사람은 방역 소독기를 들고 있었다. 우리가 우물쭈물하자 방역 기사님들의 표정이 심각해졌다.

우리에게 비키라며 급히 손짓하더니 구상나무 쪽으로 부아
앙, 매캐한 냄새가 나는 소독약을 뿜었다!

"안 돼요!"

내가 방역 소독기를 밀쳐 내는 순간, 세상이 깜깜해졌다.
지난번에 우주를 봤을 때처럼 말이다. 우리 셋은 소파에 앉
은 것처럼 편안히 콜리의 덩굴에 앉았다. 영혜와 김준수는
마냥 신난 듯했지만 기사님 둘은 불쌍하게도 허공에서 허
우적거렸다. 소리가 들리진 않았지만 살려 달라고 하는 듯
했다.

─거 아저씨들에겐 내 정체를 밝히고 싶지 않거든. 그래서 꿈을 꾸게
하려고. 너희에게도 보여 주고 싶어. 내가 달에서 본 모습인데, 정말 아
름다워.

콜리의 이파리가 파르르 떨리는 것 같더니 맙소사, 달이
나타났다! 달은 죽은 회색이고 우주는 너무 까맸다. 도대체
어디가 아름답다는 거지? 다 같이 있는데도 으스스했다. 그
때 달 너머 어둔 공간에서 계란만 한 무언가가 불쑥 나타났

다. 동그랗고 파랗고 하얀 지구! 해돋이는 봤어도 지구돋이는 처음 봤다. 하얀 구름, 새파란 바다. 끝도 없이 깜깜한 우주 속에 지구만 살아 있었다. 나도 영혜도 김준수도 방역 기사님들도 모두 가만히 우리들의 집을 바라봤다. 어쩐지 눈물이 날 것 같았다. 콜리가 살살 내 손등을 어루만졌다. 다음 순간, 우리 셋은 화단 앞에 나란히 서 있었고 방역 기사님들은 흙바닥에 누워 쌔근쌔근 자고 있었다.

   ─걱정하지 마, 금방 일어날 거야. 그보다도 하이, 나 동료들을 만나야겠어. 지구인을 만날 땐 매우 신중하게 움직이라고 알려 주려고. 도시에선 물을 확보하기 어렵다는 것도 말야.

   "그럼 우린 언제 만나? 설마 이대로 헤어지는 건 아니지?"

   ─당연하지! 이곳 탐험은 이제부터 시작인걸. 조만간 뒷산으로 갈게. 고양이들한테 인사도 해야 하고. 그런데 있잖아, 다음엔 동료들이랑 같이 와도 될까?

   "그럼 우리 집에 와라, 응? 우리 집 베란다에 미니 정원이 있거든. 작은 물레방아랑 분수도 있고 햇볕도 잘 들어."

"됐거든, 우리 집은 마당 집이거든! 화단도 있거든! 수돗물 펑펑 나오거든!"

영혜와 김준수는 옥신각신하면서 콜리에게 새끼손가락을 내밀었다. 나도 새끼손가락을 내밀었다. 콜리의 덩굴손이 우리들의 새끼손가락을 돌돌 감았다. 곧 비 온 뒤 숲에서 나는 풀 냄새가 나더니 콜리가 사라졌다. 영혜는 귤 냄새를 맡았다고 했고 김준수는 군고구마 냄새를 맡았다고 했다. 각자 가장 좋아하는 냄새였다.

운동장은 여전히 소란스러웠다. 슬그머니 반 아이들 사이로 들어갔다. 선생님은 우리가 없었는지도 모르는 듯했다.

나랑 영혜, 김준수는 안도의 한숨을 쉬었다. 영혜가 우물쭈물 말했다.

"고양이들한테 계속 물 줘서 고마워. 난 안 갔는데."

"고맙긴, 내가 좋아서 하는 건데."

으히힛, 우린 동시에 웃었다.

"하이, 생각해 보니까 매일 츄르를 주는 건 부담스러워서 금방 포기할 것 같아. 네 말대로 꾸준히 물 챙겨 주고 가끔 북어채를 주는 게 좋겠어."

"근데 용돈 많이 받은 날엔 츄르 사 줘도 괜찮을 것 같아. 설날이나 추석 같을 때. 어때?"

좋아, 하며 영혜가 배시시 웃었다.

"하이랑, 이영혜. 있잖아, 나도 그 고양이한테 물 주면 안 되나? 우리 집 달뜨락 공원 바로 앞인데. 너희가 물 안 주는 날엔 내가 줄게."

김준수가 선서하듯이 오른손을 들고 말했다. 셋이 하면 더 좋지! 나도 선서하듯 오른손을 올리고 대답했다.

"그럼 이따가 같이 가자. 물그릇 어디 있는지 알려 줄게."

영혜도 오른손을 올리며 고개를 끄덕였다. 비밀 조직을 만든 느낌이다. 고양이 두 마리랑 외계 생명체까지 있는 우주적인 조직 말이다.

"자, 주목! 여러분, 이제 교실로 들어갑니다. 바로 5교시 시작할 거예요. 강낭콩 화분 다 가져왔죠?"

선생님이 교실로 들어가라고 손짓했다. 아이들은 내 강낭콩이 최고다, 아니다 왁자지껄 떠들며 몰려갔다. 드디어 올 것이 온 건가. 영혜랑 김준수가 날 보며 안쓰럽다는 듯 절레절레 저었다. 으휴, 그래 고맙다, 친구들아.

우리는
둥글게
둥글게

이나영

"이거 어때? 래시가드가 나으려나."

엄마가 남색 수영복과 민트색 래시가드를 비교하며 들었다 놨다 했다.

"리안아?"

내가 대답이 없자 이름을 부르며 재촉했다. 나는 한숨이 나오려는 걸 꿀꺽 삼키고 말없이 수영복과 래시가드 끝을 만지작댔다. 100미터 달리기 출발선에 선 것처럼 가슴이 두근두근 뛰었다.

"이게 좋겠다."

엄마가 민트색 래시가드를 들어 보이며 흘끔 내 눈치를 봤다. 어떠냐고 의견을 묻는 것이다. 나는 천천히 고개를 끄덕였다.

평소의 나라면 엄마가 '이제 집에 좀 가지.'라며 한숨을 푹푹 내쉴 때까지 쇼핑몰을 돌아다녔을 것이다. 4학년이 되면서 패션에 관심이 많아진 나는 양말 하나도 정성껏 골랐다. 하지만 오늘은 빨리 이곳을 벗어나고 싶었다. 수영복이든 래시가드든 상관없었다. 조금도 신나지 않았다.

"내일 생존 수영 수업 때문에 그래? 수영복 살 때도 시큰둥하고."

집으로 오는 길, 차 안에서 엄마가 물었다. 백미러로 나를 흘깃 보느라 불안하게 운전했다.

"그런 거 아니야."

나는 억지로 입꼬리를 올리며 웃어 보였다. 엄마를 걱정시키고 싶지 않았다.

"하긴. 우리 리안이가 수영을 얼마나 잘하는데. 물에 들어가면 나오지 않아서 물개라고 불렀잖아."

"그치."

나는 얼른 대답하고는 엄마가 더 말을 시킬까 싶어 핸드폰으로 시선을 돌렸다. 차가 많은 사거리에 이르자 엄마도 입을 꼭 다물고 운전에 집중했다.

나는 검색 창에 '생존 수영'이라고 입력했다. 수없이 검색했던 단어다.

'생존을 위한 기초 수영.'

이번에는 '생존'을 검색했다.

'살아 있음 또는 살아남음.'

갑자기 체한 것처럼 명치 끝이 답답했다. 점심으로 먹은 돈가스 때문에 그런가? 나는 목 끝까지 채운 셔츠 단추를 하나 풀었다.

부르르, 핸드폰 진동음이 울렸다. 같은 반 여자아이들 채팅방이 열렸다.

은서 내일 입을 수영복 어때?

반장 은서가 파란색 래시가드 사진을 올렸다. 아이들이 잘 어울리겠다는 문자와 함께 귀여운 이모티콘을 보냈다. 다른 아이들도 기다렸다는 듯이 차례차례 수영복 사진을 자랑했다.

유민　리안아, 네 수영복도 보여 줘.

베프 유민이었다. 평소 나라면 누가 물어보기도 전에 사진을 찍어 올렸을 것이다. 하지만 오늘은 입술 끝을 지그시 물었다.

리안　내일 다 볼 거잖아.^^

혹시라도 유민이가 기분 나쁠까 혹은 나빠질까 봐 말끝에 웃음 이모티콘을 붙였다.

유민　오~ 뭐야 뭐야. 기대할게.

유민이의 장난기 가득한 웃는 얼굴이 떠올랐다. 나는 엄마가 찾는다는 거짓말을 하고 핸드폰 화면을 꺼 버렸다. 계속 가슴이 답답했다. 생수를 병째 들고 꿀꺽꿀꺽 마셨다.

생존 수영 수업을 앞두고 아이들은 신났다. '수영'이란 낱

말에 워터파크에 놀러라도 가는 것처럼 좋아했다. 그동안 코로나19로 학교 밖 수업을 못 했으니 그럴 만도 했다.

나 역시 교실에서 벗어나 아이들과 함께할 생각을 하니 기분이 좋았다. 하지만 이상하게도 생존 수영 수업 날이 다가올수록 긴장이 되었다. 꼭 어려운 시험을 앞두고 있는 것 같았다. 생존 수영 수업이 취소되기를 바라는 날이 많아졌다. 더 이상 설레지 않았다.

차 창문을 열었다. 비가 오려는지 얼굴에 닿는 공기가 축축했다. 심호흡을 몇 번 하고는 창문을 닫았다.

다음 날 아침, 기지개를 켜며 일어나는데 몸이 찌뿌둥했다. 무거운 물건을 어깨에 이고 있는 기분이었다.

"4학년도 월요일은 힘들구나."

출근하는 아빠가 내 모습을 보고 하품을 하며 말했다. 나도 '월요병'인가? 그렇게 생각하니 어른이 된 것 같아 기분이 조금 나아졌다.

오늘은 생존 수영 수업 첫째 날이다.

학교에 가니 아이들은 벌써 물 만난 물고기처럼 난리였다. 교실 안이 시끌벅적했다.

"수영장으로 출바알~!"

태웅이가 수영 모자를 꺼내 쓰고는 장난스레 말했다. 아이들이 웃음을 터뜨렸다. 저렇게 좋을까? 나는 고개를 절레절레 흔들었다.

"내 친구 리안!"

유민이가 달려와 팔짱을 끼며 반가워했다.

"오늘 드디어 수영장 간다. 좋지?"

유민이도 생존 수영 수업을 누구보다 기다렸다. 나는 입꼬리를 바짝 올렸다. 차마 입에서 '좋아!'라는 말은 나오지 않았다.

"우리는 수영장에 놀러 가는 게 아니라 수업을 받으러 가는 거예요. 잘 알고 있죠?"

선생님이 흥분한 아이들을 둘러보며 말했다. 선생님의 눈

짓에 태웅이가 쓰고 있던 수영 모자를 슬그머니 벗었다.

"네!"

아이들이 입을 모아 크게 대답했다. 선생님이 빙그레 웃더니 생존 수영 동영상을 틀었다. 들떴던 아이들이 조금씩 가라앉으며 영상에 집중했다.

생존 수영 수업은 근처 스포츠 센터 수영장에서 사흘 동안 한다. 학교에는 수영장이 없기 때문이다. 수영장까지는 버스를 타고 이동한다.

"진짜 놀러 가는 것 같다."

"수학 수업 안 하는 게 어디야."

버스 옆자리에 앉은 유민이가 작은 새처럼 쉴 새 없이 속삭였다. 나는 대꾸 없이 고개만 끄덕였다.

"리안아, 어디 아파?"

유민이가 미간에 주름을 만들며 걱정스레 물었다. 평소의 나라면 유민이 못지않게 이 시간을 떠들썩하게 보냈을 테니까.

"그냥 조금? 아니, 멀미하나 봐."

나는 얼른 둘러댔다. 말하고 나니까 진짜로 멀미를 하는 것처럼 머리가 아프고 속이 메스꺼웠다. 내가 눈을 감자 유민이의 수다도 멈추었다.

수영장에 도착해서는 안전 교육과 간단한 대피 훈련을 받았다. 아이들은 하나라도 놓칠세라 열심히 들었다.

"교실에서도 이렇게 좀 해 주면 안 되겠니?"

담임 선생님 말에 아이들이 웃음을 터뜨렸다.

우리는 샤워를 하고 수영복으로 갈아입은 다음 수영장 안으로 들어갔다. 조금 긴장이 되었지만 별것 아니라고 애써 생각했다.

"내가 왔도다! 으하하하!"

"나도 왔도다! 하하하하!"

태웅이와 성민이가 서로 앞서거니 뒤서거니 장난치며 달려갔다.

"수영장 안에서는 절대 뛰면 안 돼요."

수영 선생님이 호루라기를 불며 주의를 주었다. 깜짝 놀란 태웅이와 성민이가 그대로 얼음처럼 멈춰 섰다. 아이들이 킥킥대며 웃었다.

물에 들어가기 전에 준비 운동은 필수다. 우리는 선생님의 구령에 맞추어 진지하게 따라 했다.

"어렵거나 무서우면 '도와주세요!'라고 외치세요."

선생님은 몇 번이나 당부했다.

"뭐라고 외치라고요?"

선생님이 아이들을 둘러보며 물었다.

"도와주세요!"

아이들의 우렁찬 목소리가 수영장을 가득 채웠다. 하지만 이상하게도 난 그 말이 나오지 않았다. 래시가드가 작은지 자꾸만 목이 갑갑했다.

생존 수영 수업은 물과 친해지는 것부터 시작했다. 우리는 선생님과 함께 물속에서 천천히 걸었다. 물에 들어가니까 찌뿌둥했던 몸이 풀리는 것 같았다.

다음으로는 수영장 가장자리에 앉아서 발차기를 했다.

"무릎을 구부리지 말고 다리를 쭉 펴세요."

선생님은 아이들 한 명 한 명의 자세를 봐 주었다. 나도 선생님의 설명에 귀를 쫑긋했다. 누구보다 잘 해내고 싶었다.

첨벙! 소리와 함께 갑자기 사방으로 물이 튀었다.

"쟤 또 장난친다."

유민이가 얼굴에 묻은 물기를 털며 말했다. 덩치 큰 성민이가 태권도 발차기를 보여 준다나 뭐라나. 성민이는 선생님에게 주의를 받았지만 별로 신경 쓰는 것 같지 않았다. 아이들이 성민이를 보며 까르르 웃었다. 아이들은 무얼 해도 즐거워 보였다.

"지금부터 음파 호흡법을 배울 거예요."

선생님이 다음 수업을 안내했다. 물속에 얼굴을 집어넣고 숨을 쉬는 것이다. 수영의 기본이었다.

호흡쯤이야 내겐 누워서 떡 먹기보다 쉬운 일이었다. 하지만 지금은 왠지 모르게 불안해지면서 물속에 있는데도 등줄기로 땀이 흐르는 것 같았다. 너무 오랜만에 수영을 해서 그런가?

나는 물안경을 고쳐 쓰고 숨을 최대한 들이마셨다. 이제 음파를 하면 된다. 그런데…….

'켁!'

얼굴을 물에 넣자마자 고개를 들었다. 저절로 기침이 쏟아졌다. 이럴 리가 없는데……. 당황스러웠다.

"괜찮아?"

놀란 유민이가 눈을 동그랗게 뜨고 물었다.

"어. 물안경을 잘못 썼나 봐."

나는 대충 둘러대며 물안경을 벗어 탈탈 털었다. 대수롭지 않게 말했지만 가슴은 정신없이 뛰었다. 작게 심호흡을 하며 주변을 둘러보는데 이상한 게 눈에 들어왔다.

저만치 1번 레인 끝에서 물거품이 보글보글 올라왔다. 근처에는 아무도 없었다. 고개를 쭉 빼고 집중해서 다시 바라보았다. 물거품이 이상하리만치 보글거렸다.

"저기 보여? 물거품?"

나는 유민이에게 슬쩍 물었다. 유민이가 내가 가리킨 쪽을 바라보았다.

"무슨 물거품? 아무것도 없는데."

유민이가 내 어깨를 탁 치며 말했다. 유민이의 표정을 보니 장난하는 것 같진 않았다. 주위를 둘러보니 선생님과 다른 아이들도 물거품이 보이지 않는 모양이었다. 아무도 관심을 보이지 않았다.

"냄새는?"

나는 코끝을 만지며 유민이에게 물었다. 내가 알고 있는 염소 냄새가 스민 수영장 냄새가 아니었다. 장마철 비 냄새처럼 비릿한 게 거슬렸다.

"너 물 많이 먹어서 그런 거 아니야? 그냥 수영장 냄샌데."

유민이는 재미있다는 표정이었다. 나는 순간 얼굴이 확 달아올랐다. 유민이와 아이들에게 수영할 줄 안다고 큰소리친 게 떠올라 창피했다.

나는 수업이 끝날 때까지 물거품이 보글거리는 쪽으로 눈길도 주지 않았다.

학교 수업까지 마치고 집에 왔다. 아침보다 몸이 더 무거웠다.

"리안아, 오늘 생존 수영 수업 어땠어?"

엄마가 수영 가방을 받아 들며 물었다. 처음 하는 수업에 대해 궁금한 것이 많아 보였다.

"뭐, 그냥."

나는 덤덤하게 말하려고 노력했다.

"오랜만에 하니까 힘들었지? 연습도 할 겸 엄마랑 주말에 수영장 다닐까?"

내 등을 문지르는 엄마의 손바닥에서 안타까워하는 마음이 느껴졌다.

"유민이네 엄마랑 통화했어?"

내 말에 엄마가 어깨를 으쓱했다. 당연한 걸 왜 묻냐는 표정이다. 오늘 수영장에서 있었던 일을 다 알고 있다는 뜻이었다. 보나 마나 유민이가 자기 엄마한테 말했을 거다.

"걱정 마. 내일은 물개가 실력 발휘할 테니까."

나는 엄마를 보며 장난스레 물개 박수를 했다. 엄마가 배를 잡고 웃었다.

"그런데 엄마 수영장에 물……."

나는 엄마에게 물거품에 대해 물어보려다가 입을 다물었다. 엄마가 내 얼굴을 너무 빤히 바라보았다. 무슨 말이든 다 들어줄 수 있다는 표정이 오히려 부담스러웠다.

"아니, 물이 깨끗하더라고."

나는 엄마의 눈길을 피하며 말끝을 얼버무렸다. 엄마는 수영장이 얼마 전에 리모델링을 했다며 한참을 늘어놓았다.

다음 날에도 생존 수영 수업을 받으러 수영장에 갔다. 아이들은 어제 한 번 와 봤다고 익숙한 모양이었다. 재잘재잘 떠들며 빠르게 수영복으로 갈아입었다.

"리안아, 오늘은 괜찮아?"

유민이가 수영 모자를 쓰며 물었다. 올라간 유민이의 눈매가 오늘따라 거슬렸다.

"응. 좋아."

나는 정말로 아무렇지 않다는 듯이 단박에 대답했다. 사실 어제보다 더 몸이 좋지 않았다. 여전히 머리는 지끈거렸고 발목에 모래주머니를 찬 것처럼 몸은 무거웠다. 하지만 유민이에게 사실대로 말하면 엄마 귀에 들어갈 게 뻔했다. 무엇보다 오늘이야말로 수영 실력을 발휘해야겠다고 결심했으니까.

아이들과 함께 풀장 안으로 들어갔다. 나도 모르게 눈길이 1번 레인 끝으로 향했다. 물거품은 보이지 않았다. 어제는 내가 헛것을 본 게 틀림없었다. 다행이었다.

어제에 이어 물속에서 숨쉬기를 연습했다. 어제는 못 했던 아이들이 오늘은 차례대로 성공했다. 딱 한 명, 나만 빼고 말이다. 몇 번을 도전해도 번번이 물을 먹기 일쑤였다. 어제와 다르지 않은 내 모습이 한심하게 느껴졌다.

"몸에 힘이 너무 들어갔어. 겁내지 말고 다시 해 보자."

선생님이 차분히 알려 줬지만 소용없었다. 다른 아이들은 킥판을 잡고 발차기를 하며 앞으로 나아갔다. 나는 마음이 급해졌다.

"수영 처음이니?"

선생님이 물었다. 난 당황하며 고개를 저었다.

"그럼 무서워서 그래?"

선생님이 더 다정하게 물었다.

'내가 물을 무서워했나?'

한숨이 폭 하고 나왔다. 자연스레 내 시선이 1번 레인 끝으로 향했다. 보글보글보글. 물거품이 다시 일고 있었다. 나는 슬그머니 고개를 돌렸다.

물 밖으로 나가서 의자에 앉았다. 선생님은 언제든지 내가 원할 때 다시 하자고 했다.

가만히 앉아 아이들이 수영하는 걸 바라보았다. 수영을 잘하기는커녕 아이들보다 뒤떨어진다는 생각에 속상했다.

그런데 내가 정말 물을 무서워하는 걸까? 이렇게 저렇게 생각해도 이해가 되지 않았다. 나는 물개이고 돌고래인데 이상한 일이었다. 내 몸이 마음처럼 움직이지 않았다.

그리고 아까부터 마음에 걸리는 게 있었다. 물거품은 왜 내 눈에만 보이는 걸까? 가까이 가서 확인하고 싶었지만 용기가 나지 않았다.

"이 페트병이 얼마나 큰 역할을 하는지 볼까요?"

선생님이 페트병을 들어 보이며 말했다. 아이들은 새로운 활동에 잔뜩 기대를 한 얼굴이었다.

"선생님, 저는 정수기 통은 들어야 할 것 같은데요."

성민이가 페트병을 가리키며 우스갯소리를 했다. 선생님과 아이들이 웃음을 터뜨렸다. 나도 저 무리 속에서 함께 웃고 싶었다.

아이들은 페트병을 가슴에 안고 뒤로 누워 '잎새뜨기'를 했다. 신기하리만치 아이들의 몸이 둥둥 떠 있었다.

"리안아!"

잎새뜨기에 성공한 유민이가 나를 불렀다. 나와 눈이 마주치자 손가락으로 브이를 만들어 보였다. 나는 '엄지척'을 하며 입 모양으로 '최고'라고 말했다. 유민이를 향해 웃었지만 가슴 한편이 뻐근했다.

오늘도 유민이는 집에 가서 엄마에게 수영장에서 있었던 일을 다 말할 것이다. 내가 바보같이 아무것도 하지 못했다고 말이다.

유민이는 나와 가장 가까운 베프지만, 문제는 엄마들끼리도 베프라는 것이다. 후유, 깊은 한숨이 터져 나왔다.

생존 수영 수업을 마치고 학교로 돌아왔다. 교실에서도 아이들은 생존 수영 이야기로 바빴다. 몇몇 장난꾸러기들은 잎새뜨기를 한다며 교실 바닥에 누워 여기저기를 훑고 다녔다. 구경하는 아이들이 배를 잡고 웃었다.

"리안아, 많이 아파?"

유민이가 다가와 어깨동무를 하며 살갑게 물었다. 아이들의 시선이 내게로 몰렸다. 수영장에서 쭈뼛대던 내가 떠올라 얼굴이 확 달아올랐다.

"리안이가 아파서 그렇지 원래 수영 잘한대."

유민이가 목소리를 높이며 나에 대해 또 아는 척을 했다. 이번에도 엄마에게 들었을 것이다.

"그래? 난 리안이 수영 못 하는 줄 알았어."

수지가 대단한 걸 알아낸 것처럼 놀라워했다.

"내일은 할 수 있을 거야. 그치?"

유민이가 나를 보고는 주먹을 불끈 쥐며 말했다. 얼굴에 생기가 돌며 신나 보였다. 그러더니 갑자기 내 이마에 자기 손을 갖다 댔다. 순간 욱 하고 가슴 속 깊은 곳에서 뜨거운 게 치밀어 올랐다. 나도 모르게 유민이의 손을 탁 쳐냈다.

"난……. 네가 열이 나는 것 같아서……."

유민이가 당황하며 말을 잇지 못했다. 옆에 있던 수지도 안절부절못하는 모습이었다.

"또 엄마한테 말할 거니?"

나는 꾹꾹 참았던 말을 내뱉었다. 마치 이 모든 게 유민이

때문인 것 같았다.

"아니……. 난 그게 아니고……."

유민이가 내 쪽으로 더 바짝 다가왔다.

"정말 짜증 나."

나는 벌떡 일어나 유민이를 쏘아보고는 교실에서 나왔다.

"리안아!"

유민이와 아이들이 나를 부르는 목소리가 꼬리처럼 뒤따라왔다.

머리가 아프고 얼굴이 화끈거렸다. 지독한 감기에 걸린 게 분명하다. 그러니까 생존 수영도 못하고 유민이와도 다툰 것이다.

담임 선생님께 아프다고 말하고 조퇴를 했다. 선생님이 엄마에게 연락했는지, 엄마가 병원에 데려간다고 기다리고 있었다.

"조금 자면 괜찮을 것 같아."

나는 덤덤하게 말하며 엄마를 안심시켰다.

"다행히 열은 없네. 아프면 말해."

엄마가 체온계 뚜껑을 닫으며 걱정스레 말했다. 그러고는 나를 꼭 안아 주었다. 나는 괜스레 울컥했다. 엄마에게 속상한 마음을 털어놓을까 했지만 하루만 더 참기로 했다. 내일이 지나면 괜찮아질 것이다.

드디어 생존 수영 마지막 날이다. 걱정되어 밤새 뒤척였더니 머리가 더 아팠다.

"힘들면 못 하겠다고 말씀드려."

엄마는 내가 집에서 나설 때까지 몇 번이나 당부했다.

나는 아주 잠깐, 학교에 가지 말까 생각했다가 마음을 고쳐먹었다. 오늘은 생존 수영 수업을 제대로 해내고 싶었다.

하지만 마음과 다르게 나는 물 안으로 들어가지 못했다. 선생님이 관망대에 가 있어도 된다고 했지만 고개를 저었다.

"생존 수영 매일 하면 안 돼요?"

"너무 아쉬워요."

"수영장이 학교면 좋겠다."

마지막 시간이라 아이들이 유난히 섭섭해했다. 나는 즐거워하는 아이들이 부러웠다. 아이들의 웃음소리가 바늘이 되어 가슴에 콕콕 박혔다. 수영을 좋아하던 내가 물 밖에서 시간을 보낼 줄은 상상도 못 했다. 지금 내 모습을 엄마가 보면 얼마나 실망할까? 코끝이 매운 라면을 먹을 때처럼 시큰거렸다.

하필이면 그 순간, 유민이와 눈이 마주쳤다. 나는 슬쩍 고개를 돌리고는 어깨를 돌리며 딴청을 피웠다.

"구명조끼를 입을 거예요. 버클을 다 채우고 허리 벨트를 조입니다."

선생님은 아이들이 따라 하기 쉽게 천천히 설명했다. 구명조끼를 입은 아이들은 코와 입을 막고 차례차례 입수했다. 나는 여전히 뛰어들 용기가 나지 않아 지켜보기만 했다.

풍덩!

아이들이 뛰어들 때마다 물보라가 일었다. 보기만 하는데도 가슴에 파도가 치는 것처럼 울렁거렸다.

생존 수영은 구조가 될 때까지 안전하게 버티는 게 가장 중요하다. 아이들은 구명조끼를 잡고 천천히 잎새뜨기를 했다. 긴장한 아이들의 얼굴에 점점 뿌듯함이 묻어났다. 마지막 날까지 아무것도 못 하는 아이는 나뿐이었다.

보글보글보글보글보글보글.

속상한 내 마음처럼 물거품이 크게 일었다. 주변이 안개가 낀 것처럼 뿌옜다.

아이들은 수업에 집중하느라 나에게 눈길 한 번 주지 않았다. 유민이도 마찬가지였다. 간간이 들려오는 웃음소리가 꼭 나를 비웃는 것 같았다. 나는 눈 밑이 뜨거워지며 눈물이 나오려는 걸 꾹 참았다.

보글보글보글보글보글보글보글보글보글보글.

물거품이 자꾸 커지면서 너울댔다. 마치 춤을 추는 것 같았다. 비릿한 냄새까지 진해지면서 점점 익숙한 모습으로 바뀌었다. 나는 처음 보는 광경에 벌어진 입을 다물지 못했다.

윈 여자아이가 물에 빠져서 허우적대고 있었다. 주변을 둘러봤지만 선생님과 아이들은 여자아이가 보이지 않는 모양이었다. 한 공간이 두 개의 세계로 나뉜 것 같았다. 갑자기 목소리도 나오지 않고 몸도 움직일 수 없었다.

"도…… 도와주세요!"

목을 잡고 있는 힘껏 소리쳐 보았지만 아무도 이쪽을 돌아보지 않았다.

풍덩!

나는 곧바로 달려가 물속으로 뛰어들었다. 여자아이를 구해야 한다는 생각밖에 나지 않았다.

픽!

갑자기 정전이 되면서 사방이 컴컴해졌다. 당황한 아이들이 첨벙대며 소리를 질렀다. 나는 있는 힘껏 팔과 다리를 움직여 여자아이에게 헤엄쳐 다가갔다. 몇 번 물을 먹었지만 신경 쓰지 않았다. 손을 뻗으며 조금씩 그 아이의 모습이 보인다고 생각한 순간……. 아득해졌다. 그리고 꺼내고 싶지 않은 기억 하나가 떠올랐다.

2학년 여름방학 때였다.

엄마 아빠와 함께 계곡으로 캠핑을 갔다. 장마철이라 비 예보가 있었지만 다행히 흐리기만 했다. 우리 집 말고도 놀러 온 사람들이 많았다. 모두 텐트를 치고 먹을 것을 준비하느라 바빴다.

몇몇 아이들이 우르르 어딘가로 달려갔다. 혼자 노느라 심심했던 나는 아이들 뒤를 쫓았다.

도착한 곳은 조금 더 깊은 개울이었다. 아이들이 텀벙텀벙 개울물에 들어갔다. 별명이 물개이자 돌고래인 나도 망설일 이유가 없었다.

개울물은 더위를 씻어 주기에 충분했다. 나는 아이들보다 앞서 점점 더 깊은 곳으로 헤엄쳐 갔다. 팔과 다리가 날아갈 것처럼 가벼웠다.

한참 즐기고 있는데 주변이 갑자기 컴컴해졌다.

'비가 오려나?'

생각할 때쯤 빗방울이 톡톡 떨어졌다. 몇몇 아이들은 서둘러 캠핑장으로 돌아갔다. 비 오는 날 수영이 얼마나 재미있는지 모르는 거다. 조금만 더 놀다 가야지 마음먹는 순간 비가 억수같이 퍼부었다.

"우아! 신난다."

나는 소리를 지르며 더 깊은 곳으로 물살을 가르며 헤엄쳐 들어갔다. 그 어떤 놀이기구보다 흥미진진했다.

그런데 갑자기 계곡 안쪽에서 물이 파도처럼 밀려왔다. 정말 눈 깜짝할 사이에 일어난 일이었다. 나는 빠져나올 틈도 없이 물살에 휩쓸렸다. 정신없이 허우적댔지만 소용없었다. 처음으로 물이 무섭고 두려웠다.

순간, 누군가 다가와 나를 잡고 물 밖으로 끌어냈다. 마침 아이들을 찾으러 온 아저씨가 나를 발견한 것이었다.

'컥!'

나는 물을 토하며 숨을 몰아쉬었다. 아저씨가 몇 번이나 괜찮냐고 물었고 나는 고개를 끄덕였다. 조금 전까지 헤엄

치던 계곡물을 바라보았다. 다시는 들어가지 못할 것 같았다. 그만큼 무섭고 겁이 났다.

엄마 아빠에게는 그 일을 말하지 않았다. 다시는 캠핑을 안 오겠다고 할까 봐 겁이 났다. 그리고 야단맞을 게 보나마나 뻔했기 때문이다. 다행히 엄마 아빠는 내가 비 때문에 홀딱 젖은 줄 알았다.

"비 맞은 생쥐가 친구 하자고 하겠어."

엄마가 웃으며 수건으로 내 얼굴을 닦아 주었다.

그날의 일은 지금껏 나만의 비밀이었다. 엄마 아빠에게 괜한 걱정을 안기고 싶지 않았다.

기억에서 지우면 된다고 생각했는데……. 그날의 일로 물이 무서워진 것이다. 깨닫는 순간, 번쩍하고 수영장 불이 들어왔다.

'켁켁켁!'

나는 물을 먹고 허우적댔다. 팔, 다리가 내 의지와는 상관없이 제멋대로 움직였다.

"괜찮니? 언제 뛰어든 거야?"

어느새 선생님이 다가와 나를 잡았다. 뒤이어 아이들이 달려왔다.

"리안아, 괜찮아? 나 정말 너무 놀라서⋯⋯."

유민이가 울먹이며 내 손을 잡았다. 나는 손등으로 눈가를 훔치며 고개를 끄덕였다. 유민이가 나를 와락 껴안았다. 유민이의 쿵쿵 뛰는 심장이 고스란히 느껴졌다.

정전된 시간은 고작 1분 정도였다. 나는 마음을 가다듬고 고개를 돌려 물거품, 아니 여자아이가 있던 자리를 보았다. 아무것도 없었다.

"그런데 여기까지 수영해서 온 거니?"

선생님이 놀라 물었다.

"네? 아마도요⋯⋯."

나도 믿기지 않았다.

"내가 말했지? 리안이 수영 잘한다니까."

유민이가 어깨를 쫙 펴며 의기양양하게 말했다. 여전히

내 손을 꼭 잡고 있었다. 나는 유민이를 향해 웃었다.

"우리가 배우는 생존 수영은 잘하고 못하는 게 핵심이 아니에요. 물속에서 나와 우리를 지키는 법을 배우는 거지요. 그러니까 두려워하지 않았으면 좋겠어요. 자신을 믿고 또 함께라면 우린 해낼 수 있어요."

선생님 말에 나는 고개를 끄덕였다. 선생님 말을 이해할 수 있을 것 같았다.

"선생님, 저 다시 해 볼게요."

나는 조금 더 용기를 내 보기로 했다.

"참, 감기는 어떠니?"

선생님은 여전히 내가 걱정되는 모양이었다. 분명히 조금 전까지 열도 나고 아팠는데 지금은 멀쩡했다.

선생님과 함께 음파 호흡부터 발차기 그리고 잎새뜨기까지 천천히 해냈다.

"리안아, 아주 잘했어."

선생님의 칭찬에 내 자신이 대견하게 느껴졌다.

유민이와 눈이 마주쳤다. 나는 슬며시 손을 흔들었다. 유민이가 활짝 웃었다.

"이제 구조대가 올 때까지 함께 기다리는 거예요. 선생님이 도와줄게요."

선생님이 아이들을 따뜻한 눈빛으로 둘러보며 말했다.

우리는 대여섯 명씩 조를 짜서 차례차례 뒤로 누웠다. 그어느 때보다 진지했다. 나도 숨을 크게 들이마시고는 뒤로누웠다. 여전히 두려운 마음이 있었지만 용기를 내 보기로했다. 함께하는 선생님과 친구들이 있으니까. 그리고 조금더 용기 내어 그날의 일을 엄마에게도 말해야지.

우리는 서로 무릎을 구부려 맞대고 팔짱을 끼었다. 함께있으니까 오래 떠 있을 수 있었다. 이번에는 자세를 바꾸어서로 손을 잡으며 천천히 무릎을 폈다. 선생님이 동그랗고예쁜 꽃이 피었다고 했다.

내 오른쪽에는 유민이가 있었다. 나는 고마움을 담아 유민이 손을 꼭 잡았다.

"둥글게 둥글게, 모두 잘했어요."

선생님이 웃으며 칭찬했다.

우리는 모두 함께였다. 둥글게 둥글게.

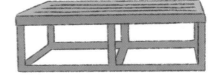

너는
나의 우렁

채은하

빈 교실에 들어서니 신비롭게 일렁이는 무지갯빛이 보였다. 사물함 위에 놓인 무언가가 창문으로 들어오는 아침 햇빛을 받아 반짝반짝 빛을 냈다.

"저게 뭐지?"

나는 처음 보는 빛무리를 향해 살금살금 다가갔다. 빛을 내는 건 웬 채집통이었다. 투명한 플라스틱 통에 반쯤 물이 차 있고 바닥에는 진흙이 두텁게 깔렸는데, 진흙 위에 거무스름한 껍데기가 하나 놓였다.

나는 빛을 내는 채집통을 향해 손을 내밀었다. 천장까지

드리웠던 무지갯빛이 손등에 오색 무늬를 그렸다. 나도 모르게 웃음이 나와서 괜히 빈 교실을 둘러봤다. 교실에 가장 먼저 와 있으면 마음이 편해서 좋지만, 이렇게 친구들과 함께 웃고 싶을 때는 좀 아쉽다.

"여울아, 그게 뭐야?"

등 뒤에서 경쾌한 목소리가 들렸다. 옆자리 지호가 교실에 들어오며 물었다. 잠시 뒤돌아본 사이, 채집통에 비치던 빛이 사라져 버렸다.

"아, 여기……."

나는 방금 본 빛을 설명하려다 말았다. 신비한 빛은 온데간데없이 사라졌고, 채집통 속의 껍데기는 그저 바닥에 딱 달라붙어 있을 뿐이었다. 지호는 채집통을 들여다보며 나에게 물었다.

"이거 네가 가져온 거야? 달팽이인가?"

"내 거 아냐. 달팽이도 아닌 거 같아."

나는 조심스럽게 대답했다. 엄지손톱만 한 크기의 껍데기는 얼핏 달팽이랑 비슷했지만, 소프트 아이스크림처럼 끝이 뾰족하게 둘둘 말린 모양이다. 자세히 보면 초록빛이 도는 이끼 같은 것도 붙어 있고 물에도 거뭇거뭇한 흙가루가 떠다니는 듯했다.

지호는 아이들이 교실에 들어올 때마다 채집통에 든 게 무엇인지 아느냐고 물었다. 채집통 주변은 금세 아이들로 북적였다. 나는 아이들 틈을 빠져나와 자리로 갔다. 얼마 지나지 않아 누군가가 대답하는 소리가 들렸다.

"나 알아. 이거 우렁이잖아."

나는 슬그머니 핸드폰을 꺼내 우렁이를 검색했다. 채집통 안에 있는 것과 비슷한 생물을 찍은 사진이 우르르 떴다. 우렁이는 원래 논이나 연못에 산다는데, 어항에 넣어 물고기와 함께 키우는 사람도 많은 모양이다. 우렁이가 어항을 깨끗하게 해 준다나.

집에서 키우는 우렁이는 말끔했지만, 논에 사는 우렁이는 온통 진흙과 이끼투성이였다. 채집통 속 우렁이도 껍데기에 이끼가 붙은 걸 보면 논에서 온 모양이다.

논이라면 이 동네에도 많은데.

나는 창밖을 내다봤다. 학교 주변은 아파트와 네모난 건물로 가득 차 있지만 높은 곳에서 내려다보면 건물 너머로 푸릇푸릇한 논이 보였다. 엄마 말로는 새로 만든 동네라서 그렇다고, 이런 곳을 '신도시'라고 부른다고 했다. 그래서인지 아파트도 새것, 길도 새것, 학교도 새것 티가 풀풀 났다.

한 달 전 이 동네로 이사할 때 엄마는 무척 많은 이야기를 했다. 지난 학교에서의 일은 나를 괴롭히고 따돌린 아이들이 문제일 뿐, 내 잘못은 없다고 거듭 말했다. 그 아이들로부터 사과 받아야 하지만, 마침 이사할 시기가 겹쳐서 떠나는 거라고, 도망치는 게 아니라고도 했다. 그런 말을 들을 때마다 나는 늘 고개를 주억거렸지만 정작 궁금한 건 묻지 못했다.

'그런 일이 또 일어나면 어떻게 하지?'

아무리 생각해도 답은 나오지 않았다. 나는 일단 조심하기로 했다. 그런 일은 이유도 예고도 없이 벌어지니까, 어떤 상황에서도 튀지 않고 조용하게 지내기로 마음먹었다.

아이들은 우렁이를 구경한다고 야단법석을 떨었다. 껍데기에 숨은 우렁이를 깨워 보려고 채집통을 톡톡 두드리기도 하고, 어떤 아이는 고개를 내밀지 않으면 된장찌개에 넣어 버리겠다고 을러대기도 했다.

교실에 들어온 선생님은 채집통을 발견하자 당황한 얼굴이 됐다.

"이게 대체 뭐니?"

"우렁이요!"

아이들은 입을 모아 대답하고는 깔깔 웃었다. 선생님도 살아 있는 우렁이는 처음 본다고 했다. 아이들은 반에서 키우자고 했지만, 선생님은 아무도 돌봐 주지 않을 것이 뻔하니 안 된다고 했다. 아이들이 아우성을 질러 대자 선생님은 다른 이야기를 꺼냈다.

"다들 우렁각시 이야기는 알고 있니?"

선생님은 우렁이가 나오는 옛이야기를 짧게 들려줬다. 홀로 살던 농부가 논에서 일하다가 "농사지어 누구랑 먹고 사나."라고 한숨 쉬며 말하자 맑은 목소리가 "나랑 먹고 살지." 하고 대답했다. 소리가 난 곳을 찾던 농부는 커다란 우렁이를 발견하고는 물독에 넣어 놨다. 그날 이후 누군가 몰래 집을 치우고 밥상을 차려 주길래 숨어서 지켜보니 우렁이가 아름다운 여인으로 변신해 나타났다. 그 여인은 모른 척해 달라고 했지만……

"오호."

어디선가 낯선 소리가 희미하게 났다. 휘파람을 살짝 부는 듯도 하고, 유리잔을 살짝 부딪치는 것도 같은 소리였다. 나는 주위를 휘휘 둘러봤지만, 어디서 나는 소리인지 알 수 없었다.

"이게 무슨 소리지?"

"뭐?"

내가 중얼거리자 옆자리 지호가 한 박자 늦게 되물었다.

다 아는 이야기일 텐데도, 지호는 선생님이 들려주는 이야기에 푹 빠진 얼굴이었다.

나는 소리가 난 곳을 찾으려고 뒤를 돌아봤다. 채집통 속의 우렁이가 자리를 옮겼을 뿐, 딱히 달라진 건 없었다. 우렁이는 투명한 벽을 타고 올라와 배를 드러내고 딱 붙어 있었다.

'쟤도 열심히 듣고 있네.'

나는 무심코 생각했다가 고개를 내저었다. 우렁이가 우렁각시 이야기를 듣다니, 말도 안 되지.

선생님과 아이들의 실랑이 끝에 우렁이는 한동안 교실에서 지내기로 했다. 하지만 선생님이 말한 대로 우렁이를 향한 관심은 하루도 못 가 시들해졌다. 다음 날 우렁이에게 줄 채소를 가져온 사람은 나뿐이었다.

아이들은 우렁이를 까맣게 잊은 듯 마니토 이야기를 하느라 바빴다. 마니토는 우리 반 회장인 해인이가 내걸었던 선거 공약이라서, 1학기 임기가 끝나기 전에 꼭 해야 한다고 했다. 해인이는 얼른 선생님께 말씀드려서 마니토 뽑을 시간을 얻겠다고 말했다.

나는 해인이의 목소리를 흘려들으며 배춧잎을 채집통에 떨어뜨렸다. 배추가 일으킨 물결이 가라앉자 우렁이가 껍데기 밖으로 고개를 내밀었다. 가느다란 더듬이와 검은 반점이 가득 덮인 몸이 보였다. 우렁이는 배춧잎에 다가가지 않고 그저 주위를 살피기만 했다.

"걱정하지 말고 먹어."

내가 속삭인 순간 우렁이가 더듬이를 치켜들었다. 우렁이의 눈이 어디에 달렸는지는 모르지만, 어쨌든 우렁이가 날 바라본 것 같은 느낌이 들었다. 나는 장난치듯 되물었다.

"설마 너 말을 알아듣는 건 아니지?"

우렁이는 당연히 아무런 대답도 하지 않았다. 우렁이는 배춧잎으로 슬금슬금 다가갔다. 나는 채집통을 톡톡 두드리며 말했다.

"앞으로 내가 돌봐 줄게."

나는 쉬는 시간마다 우렁이를 들여다봤다. 우렁이는 아주 활동적인 성격인지 한시도 가만히 있지 않았다. 꾸물꾸물 기어 다니고, 무엇인가를 오물거리느라 분주했다. 나는 아이들이 관심을 갖든 말든 제 나름대로 잘 지내는 우렁이가 마음에 들었다.

3교시 수업을 마칠 즈음, 해인이가 손을 번쩍 들고 말했다.

"선생님, 남은 시간에 마니토 뽑아도 될까요?"

"그래. 시간 줄 테니까 너희끼리 해 봐. 너무 시끄럽게 하면 안 된다."

선생님은 책상에 앉아 컴퓨터를 들여다봤다. 해인이는 자그마한 종이 상자를 들고 교실 앞으로 나갔다.

"한 명씩 나와서 뽑으면 돼. 쪽지는 아무한테도 보여 주지 말고."

아이들이 하나둘씩 나가 상자에서 쪽지를 뽑아 들었다. 나도 미적거리며 일어났지만, 내 차례는 좀처럼 오지 않았다. 먼저 나선 아이들이 자꾸 자기 이름을 뽑아서 두 번이나 다시 해야 했다.

나는 거의 마지막에 쪽지를 뽑았다. 내 자리로 걸어가며 펼쳐 보니 해인이의 이름이 나왔다. 나는 해인이를 바라봤다. 내가 해인이의 마니토가 되다니, 뜻밖이었다.

"어!"

그때 바로 옆에서 숨 삼키는 소리가 들렸다. 돌아보니 지호가 나를 뚫어져라 바라보고 있었다. 지호는 얼굴이 새빨갛게 달아올라서는 말을 더듬었다.

"여울아, 내가 네 쪽지를 봐 버렸는데. 있잖아. 어, 잠깐만, 잠깐만 기다려."

지호는 우당탕 앞으로 튀어 나가더니 해인이가 든 종이 상자에서 쪽지를 뽑아 다시 뛰어왔다. 쏜살같이 돌아온 지호는 속삭이듯 말했다.

"그 쪽지, 나랑 바꿔 주면 안 돼?"

"뭐라고?"

"아니, 나 얼마 전에 해인이랑 싸웠잖아. 아직 사이가 안 좋거든. 이번 기회에 화해하고 싶어서 그래. 한 번만 도와주면 안 될까? 제발 부탁할게."

나는 지호의 애타는 눈빛을 피해 손에 든 쪽지로 시선을 떨궜다.

"그건 누군데?"

"몰라. 아직 안 봤어. 제발, 제발 부탁해."

나는 지호와 쪽지를 바꿨다. 지호는 해사해진 얼굴로 거듭 고맙다고 말하고는 자기 자리로 갔다. 기뻐하는 지호를 보자 나도 기분이 좋았다. 사실 저렇게 부탁하는데 쪽지 하나 바꿔 주는 건 그리 어려운 일도 아니었다. 나는 사물함 앞에 선 채 지호에게서 받은 쪽지를 펼쳤다.

쪽지에는 내 이름이 쓰여 있었다.

"어……."

나는 무슨 말을 하려다 말고 입을 꾹 다물었다. 이미 마니토 뽑기는 모두 끝난 뒤였다. 교실 앞에 서 있던 해인이도 자기 자리에 돌아갔고, 아이들은 들뜬 표정으로 무슨 선물을 줄지 이야기하느라 바빴다.

　나는 지호를 바라봤다. 아직도 뺨이 발그레한 지호는 대단한 보물이라도 얻은 것처럼 싱글벙글했다. 지호에게 다시 쪽지를 바꾸자고 할까 싶었지만, 그것도 좀 그랬다. 그건 지호에게 네가 바라는 해인이 말고 나의 마니토가 되어 달라고 부탁하는 거나 다름없으니까.

　나는 크게 한숨을 쉬고는 사물함에 몸을 기댔다. 아무리 돌이켜봐도 딱히 잘못한 건 없는 거 같은데, 왜 꼬여 버린 건지 알 수가 없었다. 화기애애한 교실 풍경이 무척이나 멀게 느껴졌다.

지난 학교에서도 이런 기분이었지.

　　나는 무심코 떠오른 생각에 몸을 부르르 떨었다. 그때랑은 다르잖아. 나는 쓸데없는 생각을 떨쳐 내려고 일부러 소리를 내어 중얼거렸다.

　　"이것 참 큰일이네. 나는 누구랑 마니토를 한담."

　　"나랑 하면 되지."

　　등 뒤에서 맑은 소리가 났다. 나는 화들짝 놀라 사물함에서 몸을 뗐다. 그 소리와 비슷했다. 선생님이 우렁각시 이야기를 해 줄 때 들었던 소리. 휘파람을 부는 듯, 유리잔이 울리듯 영롱한 소리. 이번에는 잘못 들은 게 아니다.

내 뒤에 있는 건 사물함과 벽, 그리고 우렁이가 있는 채집 통뿐이었다. 나는 우렁이를 뚫어져라 바라봤다. 우렁이는 아무것도 모르는 듯 바닥에 붙어 있기만 했다. 나는 주위를 살피다 우렁이에게 다가섰다.

"혹시 방금 네가 말한 거니?"

나는 누가 들을까 봐 최대한 작게 속삭였다. 우렁각시 이야기가 퍼뜩 머릿속에서 되살아났다. 우렁각시도 혼잣말에 대답부터 했는데. 눈이 따끔따끔하도록 우렁이를 빤히 들여다봤지만, 우렁이는 그대로였다. 나는 미심쩍게 다시 물었다.

"너 말할 수 있어?"

그때였다. 바로 옆에서 인기척이 났다.

"여울아, 거기서 뭐 해?"

퍼뜩 돌아보자 종이 상자를 든 해인이가 보였다. 해인이는 눈을 동그랗게 뜨고 나를 바라봤다. 나는 채집통 위로 기울였던 몸을 어색하게 세웠다. 얼굴이 화끈 달아올랐다.

"아, 아무것도 아니야."

내가 말을 얼버무리자 해인이는 나와 우렁이를 번갈아 보며 고개를 갸웃거리고는 지나갔다. 얼마나 이상하게 보였을까? 나는 마음속으로 내 머리를 콩콩 쥐어박았다. 우렁이에게 너무 정신이 팔렸나 보다. 마니토는 안 해도 그만이지만, 이상한 아이로 찍히는 건 곤란한데.

점심시간, 급식실에 다녀오고 나니 내 자리가 뭔가 이상했다. 책상과 의자, 바닥이 온통 서걱서걱했다. 얼핏 보면 모르지만, 손으로 문지르면 느껴지는 아주 고운 개흙이 내 자리를 온통 뒤덮었다.

나는 다른 아이들 자리는 괜찮나 싶어 주위를 둘러봤다. 바로 옆자리 지호나 앞자리 근수의 책상은 교실에서 나가기 전 상태 그대로였다. 점심시간 직전 수업이 미술이어서, 오리고 남은 색종이 조각만 수북했다.

"그러고 보니 내 쓰레기는 어디로 갔지?"

내 자리는 텅 비었다. 책상 위에 있던 종잇조각은 없어지고, 알 수 없는 흙으로 뒤덮인 거다.

"이거 설마……."

나는 반 아이들을 돌아봤다. 다들 아무렇지도 않게 자기 할 일만 했다. 나는 입술을 질끈 깨물고는 물티슈를 꺼내 책상을 닦기 시작했다. 지호가 나를 흘끔 쳐다봤다. 나는 웅얼거렸다.

"내 자리에 온통 흙이 묻어 있어."

"뭐라고? 뭐가 있다고?"

지호가 되물었지만 나는 그냥 고개만 저었다. 흙이 잔뜩 묻은 책상을 닦고 있자니, 어쩔 수 없이 지난 학교에서 있었던 일이 떠올랐다. 그때도 영문 모를 일이 벌어졌다. 사물함에 있던 물건이 사라지거나 책상에 쓰레기가 놓여 있기도 했다. 같이 놀던 아이들은 날 모른 척했고, 때로 자기들끼리 쿡쿡 웃기도 했다.

나는 힘을 주어 책상을 벅벅 닦았다. 고운 흙은 잘 닦이지도 않아서 때를 밀어 내듯 벗겨야 했다. 나는 간신히 책상과 의자를 닦고는 자리에 털썩 주저앉았다. 대체 누가 한 짓인지 감도 오지 않았다.

"흐음."

그때 다시 그 영롱한 소리가 들렸다. 나는 몸을 휙 돌려 우렁이를 바라봤다. 우렁이는 더듬이를 살살 흔들었다. 나도 고개를 갸웃거렸다. 문득 엉뚱한 생각이 났다.

우리 반에 흙이 묻은 건 우렁이뿐인데, 설마.

나는 헛웃음을 지었다. 우렁이가 말도 하고, 내 책상을 엉망으로 만들기까지 한다니. 정말 어처구니없는 생각이다. 말도 안 되지.

진짜 사건은 시청각실을 다녀오고 나서 터졌다. 교실로 돌아와서 사물함을 열었더니 뭔가가 주르륵 흘러내렸다. 사물함에 들어 있던 축축한 진흙이 밖으로 흘러내린 거였다.

"으악!"

나도 모르게 비명을 질렀다. 내가 지른 소리가 온 교실을 쩌렁쩌렁 울렸다. 너무 놀라서 내 목소리가 얼마나 큰지 생각할 여유도 없었다. 아마도 내가 우리 반에서 낸 소리 중

가장 큰 소리였을 거다.

우리 반의 모든 아이들이 나를 돌아봤고, 근처에 있던 아이들은 웅성웅성 모여들었다.

"여울이 사물함 안에 저거 뭐야? 설마 진흙이야?"

"누가 여울이 사물함에 이상한 걸 넣어 놨어!"

아이들이 더 많이 몰려들었다. 해인이도 허겁지겁 뛰어왔다. 해인이는 아주 놀란 얼굴로 나와 사물함을 번갈아 바라봤다.

"언제부터 이랬어?"

"몰라. 방금 열어 보니까……."

눈가가 뜨듯하게 달아오르는 게 느껴져서 고개를 푹 숙였다. 당황스러웠다. 울 만큼 놀란 건 아닌데, 지난 학교에서도 애들 앞에서는 안 울었는데. 왜 갑자기 눈물이 나는 건지 알 수가 없었다.

"야, 이건 너무하잖아. 대체 누구냐?"

해인이가 목소리를 높였다. 다른 아이들도 웅성웅성 거들

었다. 어떤 아이들은 휴
지를 가져다주면서 괜찮으냐
고 물었다. 나는 고개만 끄덕였다.
눈물 때문인지, 부끄러움 때문인지 온 얼
굴이 화끈거렸다. 나는 아이들 틈을 빠져나가
화장실에서 세수를 했다.

교실로 돌아오니 지호와 몇몇 아이들이 내 사물함을
닦아 주고 있었다. 지호가 무엇인가를 건넸다.

"이거 네 거야? 사물함에서 나왔는데."

그건 새하얀 조약돌이었다. 손에 쏙 들어오는 크기에 아
주 동글동글하고 매끄러웠다. 이런 상황이 아니라면 마음
에 들었을 만큼 아주 예쁜 돌이다.

"아니. 처음 봐."

나는 대답하면서 사물함 위 우렁이를 흘낏 쳐다봤다. 우렁이는 배춧잎 옆에서 입을 오물거리고 있었다. 배춧잎을 먹는 것 같기도 하고, 화들짝 놀라 입을 뻐끔거리는 것 같기도 했다.

"그럼 누가 이걸 네 사물함에 몰래 넣은 거네?"

지호가 의아하게 되물었다. 내가 뭐라고 대답할 새도 없이 해인이가 흐음, 하고 생각하는 듯한 소리를 냈다.

"설마 그거 마니토?"

해인이의 얼굴이 하얗게 질렸다. 아이들은 다시금 웅성거렸다. 마니토를 이런 식으로 하다니 대체 누구냐, 너무 나쁘다 같은 말이 나왔다. 해인이가 목소리를 높였다.

"아까 여울이 뽑은 사람 누구야?"

아이들은 서로를 바라보기만 했다. 당연히 내 마니토라고 나서는 아이는 없었다. 반 분위기가 아주 이상해졌다. 서로를 어색하게 바라보는 표정을 보자 우렁이 생각이 싹 달아났다.

"아니, 있잖아. 아마 마니토는 아닐 거야."

나는 간신히 입을 열었지만, 내 목소리는 웅얼거림에 그쳤다. 우리 반에 내 마니토는 없다고, 사실은 내가 내 이름이 적힌 쪽지를 갖게 됐는데 차마 밝히지 못했다고 말하기가 창피했다. 하지만 서로를 의심하는 아이들을 보는 것도 마음이 괴로웠다. 해인이가 다시 말했다.

"여울이 마니토, 대체 누구냐고!"

"그, 그게 말이야……."

나는 말을 더듬다 지호와 눈이 마주쳤다. 그 순간 지호가 무엇인가를 깨달은 듯 잠깐 복도로 나가자고 했다. 지호는 목소리를 낮춰 물었다.

"나랑 바꾼 쪽지 말이야. 그거 누구였어?"

"사실은 내 이름이 나왔어."

나도 목소리를 짜내 속삭였다. 지호는 눈을 휘둥그레 뜨고 입을 떡 벌렸다. 나는 누군가의 얼굴이 그렇게 순식간에 새빨개지는 걸 처음 봤다. 놀란 지호는 간신히 숨을 내쉬며 말했다.

"미, 미안해. 나는 진짜 몰랐어. 알았으면 안 그랬을 거야."

"뭘 안 그래?"

어느새 등 뒤에 다가온 해인이가 끼어들었다. 지호의 얼굴은 더 시뻘게져서 거의 검은빛이 될 듯했다. 나는 얼굴이 불타오르는 지호 대신 얼른 말했다.

"좀 있다가 이야기하자. 집에 가기 전에 말해 줄게."

교실로 돌아가자 그새 말끔해진 사물함이 보였다. 아이들의 걱정하는 눈빛을 보자 다시 눈물이 나올 것 같았다. 대체 오늘 왜 이러는지 모르겠다. 나는 헛기침을 하고는 입을 열었다. 목소리가 마구 떨려 나왔다.

"얘들아, 도와줘서 정말 고마워."

나는 남은 시간 내내 우렁이를 흘깃거렸다. 말도 안 되는 생각이지만, 우렁이가 수상했다. 나만의 의심에 정신이 팔려 있는 사이 수업이 모두 끝났다. 느릿느릿 가방을 챙기는데, 해인이가 지호의 팔을 붙잡고 다가왔다. 해인이는 대체 무슨 일인지 말해 달라고 했다. 아까처럼 얼굴이 발개진 지호는 다른 아이들이 듣지 않을 곳으로 가야 한다고 우겼다. 우리는 교실에서 복도로, 복도에서 운동장 구석까지 갔다.

지호는 다시 붉어진 얼굴로 마니토를 뽑을 때 쪽지를 바꿨다고 더듬더듬 설명했다. 이야기를 들은 해인이는 지호를 팍 째려봤다.

"너 대체 왜 그랬어? 여울이가 얼마나 곤란했겠어."

"아니, 애초에 내가 여울이 이름을 뽑은 걸 몰랐어. 그냥 너랑 화해하려고 바꾸자고 한 거야. 지난번에 복도에서 넘어뜨린 거 미안하다고 하려고."

"그건 그 자리에서 사과했어야지. 여울아, 너도 봤지? 지호가 그때 자기 잘못 아니라고 박박 우기는 거. 내가 진짜 얼마나 화났는지 알아?"

해인이와 지호는 서로 투닥거렸다. 나는 빙그레 웃으며 손에 쥔 조약돌을 만지작거렸다. 문득 내가 아무렇지도 않게 아이들과 대화를 나누고 있다는 걸 깨달았다. 해인이가 심각한 표정으로 중얼거렸다.

"그럼 여울이 사물함에 그런 짓을 한 건 누구지?"

나는 망설이다가 점심시간에도 누가 내 책상과 의자에 흙 같은 걸 발라 놨더라고 말했다. 해인이와 지호는 더 심각한 표정이 됐다. 지호가 화난 목소리로 말했다.

"이건 괴롭히는 거잖아."

"걱정하지 마. 아까 우리 반 분위기 봤지? 다들 가만히 있지 않을 거야. 누군지 몰라도 애들이 하지 말라고 하면 절대 못 할걸."

해인이도 다부지게 말했다. 나는 마음속 어딘가가 꿈틀 움직이는 느낌이 들었다. 아까 사물함을 닦아 주고 괜찮으냐고 물어봐 주던 아이들의 얼굴이 떠올랐다. 어딘가에서 '이 아이들과 함께라면 내내 조심하지 않아도, 잘 지낼 수 있을지도 몰라.' 하고 속삭이는 소리가 들리는 듯했다. 그렇게 생각하니, 우리 반의 누군가가 날 괴롭힌다고 의심받는 게 싫었다.

"근데 있잖아. 내 생각에는······."

나는 손을 맞잡았다. 우렁이가 그런 것 같다고 말하고 싶은데 도무지 입이 떨어지지 않았다. 지호가 조심스럽게 물었다.

"누가 한 건지 알아?"

"그러니까 내가 보기에는······."

나는 우물쭈물하다가 숨을 크게 들이마셨다. 아이들이 어떻게 생각할지 무섭지만, 꼭 말하고 싶기도 했다.

"이거 다 우렁이가 한 짓 같아."

지호와 해인이는 눈을 휘둥그레 뜬 채 나를 바라봤다. 잠시 침묵이 흐르는 동안 온갖 후회가 밀려들었다. 대체 왜 그랬어. 이상한 아이로 찍히면 어떻게 하려고.

그때 해인이가 웃음을 터뜨렸다. 해인이를 따라 지호도 키득키득 웃기 시작했다. 한참 웃던 해인이가 말했다.

"여울아, 너 은근히 유머 감각이 있다."

"말도 안 돼. 우렁이가 어떻게 그런 짓을 하냐?"

지호와 해인이는 키득키득 웃더니 이상한 이야기를 늘어 놓았다. 기다란 뱀이 화장실 하수구를 기어 다닌다더라, 커다란 거미가 창고에 살고 있다더라, 운동장 모래 속에는 독을 품은 전갈이 숨어 있다더라. 잔뜩 긴장했던 나는 아이들이 웃어 버리자 오히려 마음이 풀렸다.

어느덧 학원에 갈 시간이었다. 나는 그제야 학원 교재가 든 가방을 자리에 두고 온 게 기억났다. 나는 교실로 돌아가겠다고, 먼저 가라고 인사했다. 지호가 갑자기 주머니를 뒤지더니 말했다.

"나도 교실에 두고 온 거 있어. 해인이 너도 교실에 들렀다가 가자."

"나는 왜?"

"아, 몰라. 그냥 화해한 기념으로 같이 가."

"난 사과를 받지도 못했는데 대체 누가 화해했다는 거야."

해인이는 투덜거리면서도 함께 교실까지 돌아왔다. 앞서 걷던 나는 복도에서 교실을 들여다보고는 몸을 훅 낮췄다.

빈 교실에 누군가가 있었다. 나는 뒤따라온 지호와 해인이도 끌어당겨 앉혔다.

"누가 있어."

나와 해인이, 지호는 목을 쭉 빼고 교실 안을 살폈다. 낯선 아이가 책상 사이에 서 있었다. 아이는 어딘가 괴상했다. 무엇보다 소프트 아이스크림 모양으로 틀어 올린 초콜릿색 머리카락이 특이했다. 실타래처럼 빙빙 돌려 쌓은 머리카락은 아이의 가냘픈 몸에 비해 아주 컸다.

"우리 학교에 저런 애가 있었나?"

우리는 서로 속닥거렸다. 그 아이는 보송보송한 재질의 초록색 민소매 원피스를 입었는데, 치맛자락이 바닥까지 치렁치렁하게 늘어졌다. 아이는 원피스가 무거운지 느릿느릿 움직였다.

"아무리 봐도 이상한데."

지호가 겁에 질린 목소리로 중얼거렸다. 해인이도 굳은 얼굴로 고개를 끄덕였다. 나는 이맛살을 찌푸렸다. 무척 낯

선데, 어쩐지 친숙한 느낌이었다. 이미 아는 누군가를 보는 기분이랄까.

교실 안의 아이가 우뚝 멈춰서서는 조심스레 주위를 둘러봤다. 우리는 눈이 마주칠까 봐 얼른 고개를 숙였다. 다시 들여다보자, 아이는 두 손을 맞잡고 조심조심 걸음을 옮겼다. 손에서 마른 진흙 같은 고운 가루가 부스스 떨어졌다.

"저거 진흙 아냐?"

"그런가? 근데 쟤 여울이 네 자리로 가는데?"

그 순간 나는 온종일 정체를 알 수 없는 진흙과 벌인 실랑이가 생각났다. 아직도 손톱 밑에는 개흙이 끼어 있고, 옷에서도 자꾸 흙가루가 떨어지는 것 같은 기분인데, 그걸 또 닦을 수는 없다. 저게 누구든 더 이상 참을 수가 없었다.

나는 일어나서 교실로 뛰어들었다.

"당장 멈춰!"

내가 소리치자 아이가 후다닥 주저앉았다. 내내 느릿느릿 움직이더니 숨는 속도는 정말 빨랐다. 아이는 순식간에 사라지고 거대한 머리카락 타래만 책상 위로 삐죽 나왔다. 나는 몇 걸음 더 걸어가 그 아이를 바라봤다.

책상 사이에 쪼그려 앉은 아이는 온몸을 바들바들 떨었다. 목을 어찌나 움츠렸는지 얼굴이 거대한 머리카락 안으로 들어갈 지경이었다. 아이는 그 고동색 타래 속에 숨으려는 것처럼 보였다.

"너 설마⋯⋯."

나는 말을 멈췄다. 가까이에서 보니 아이가 입은 원피스는 촘촘한 이끼로 만들어진 거였다. 커다란 머리카락 타래 곳곳에는 하얀 조약돌이 장식처럼 얹혀 있었다. 아까 내 사물함에 진흙과 함께 들어 있던 조약돌과 같았다.

나는 아이를 빤히 들여다보았다. 커다란 머리카락 타래 아래에 웅크리고 있는 모습이 어딘가 익숙했다. 껍데기 모양으로 빙빙 돌린 머리 타래와 초록색 이끼, 진흙, 그리고 새하얀 조약돌⋯⋯.

나는 얼른 사물함을 돌아봤다. 사물함 위의 채집통은 뚜

껑이 열려 있었다. 채집통 주변에는 물이 흥건했고, 우렁이는 없었다.

나는 낯선 아이를 돌아보며 입술을 달싹였다. 머릿속 어딘가에서 말도 안 되는 일이라고 외쳐 댔다. 하지만 묻지 않을 수 없었다.

"너 혹시 우렁이야?"

슬금슬금 교실로 따라 들어온 지호와 해인이가 외쳤다.

"우렁이라고? 우리 교실에 있는 우렁이?"

지호와 해인이는 입을 떡 벌리고 그 아이를 바라봤다. 아이는 웅크린 채 바닥만 내려다보며 고개를 절레절레 저었다. 거대한 머리 타래가 꿀렁거렸다. 그 타래 어딘가에서 가느다란 목소리가 들렸다.

"나, 나는 나쁜 우렁이는 아니야."

딸랑딸랑. 종소리처럼 맑은 목소리였다. 그때 사물함 앞에서 들은 목소리와 같았다. "나랑 하면 되지."라고 대답하던 목소리 말이다.

나는 우렁이를 찬찬히 살폈다. 우렁이는 겁에 질린 모습이었다. 나는 넓게 펼쳐진 이끼 원피스를 밟지 않으려고 애쓰며 슬쩍 다가갔다. 우렁이는 좀처럼 고개를 들려고 하지 않았다. 나는 손에 쥐고 있던 조약돌을 내밀었다.

"이거 네가 준 거지?"

우렁이는 꿈쩍도 하지 않았다. 나는 다시 말했다.

"대답해도 괜찮아. 나, 이 돌멩이가 정말 마음에 들거든."

우렁이가 그제야 고개를 들었다. 내 손바닥 위의 조약돌을 보고는 비로소 눈을 마주쳤다. 거대한 머리카락 아래로 작고 동그란 눈이 반짝였고, 풀빛이 도는 입술이 수줍은 미소를 지었다. 우렁이는 고개를 끄덕였다.

"응. 내가 줬어. 내가 너의 마니토야."

우렁이는 주춤주춤 일어나다가 그만 넘어질 듯 비틀거렸다. 아무래도 두 발로 걷는 게 익숙하지 않아 보였다. 나는 손을 내밀었다. 우렁이가 내 손바닥 위에 자기 손을 조심스레 올렸다. 그 손은 차갑고도 단단했고, 고운 흙이 잔뜩 묻어 있었다.

"아까 점심시간에 내 책
상이랑 의자를 만진 것도
너지?"

"응. 쓰레기가 잔뜩 있길
래⋯⋯."

우렁이는 속삭이듯 대답
했다. 나는 순간 멍해졌다
가 한발 늦게 되물었다.

"몰래 청소한 거였어? 진
짜 우렁각시처럼?"

우렁이는 환하게 웃으며
고개를 재게 끄덕였다. 그

런 거였구나. 나는 해인이와 지호를 돌아봤다. 해인이는 느리게 고개를 끄덕였고, 지호는 이맛살을 찌푸리더니 중얼거렸다.

"근데 우렁각시는 살림을 잘한다고 하지 않았어? 쟤는 청소해도 온통 진흙투성이에 선물을 줘도 엉망진창⋯⋯."

그때 해인이가 지호의 옆구리를 쿡 찔렀다. 지호가 컥 소리를 내더니 입을 다물었다. 우렁이는 멋쩍은 표정으로 나를 돌아봤다. 나는 얼른 말했다.

"난 그래서 더 좋았어."

"진짜야?"

우렁이의 얼굴이 환하게 밝아지더니 조잘조잘 말을 늘어놓았다.

"다행이다. 너희에게 들키지 않았으면 더 완벽했을 텐데. 원래 우리 우렁이는 있는 듯 없는 듯 숨어 있기, 알고도 모른 척하기, 은근슬쩍 사라지기, 그런 걸 최고라 여기거든. 무슨 말인지 알지?"

"으응."

나는 어리둥절했지만 일단 맞장구를 쳤다. 우렁이는 신이 나서 말했다.

"이렇게 사람이 될 수 있는 건 진심으로 친해지고 싶은 누군가를 만났을 때 뿐이야. 그런데 대부분은 무서워서 안 해. 나는 친구라고 생각했지만 그 사람은 아닐 수도 있고, 어느 날 마음이 변해 버릴 수도 있으니까. 그러다 붙잡히거나 다치기라도 하면 진짜 큰일이잖아. 그래서 나도 가만히 있으려고 했는데, 너희도 우렁각시 이야기를 아는 걸 보니 뭔가 해 보고 싶더라. 게다가 배추를 준 소중한 친구를 돕고 싶기도 하고 말이야. 그래서 껍데기가 뜨거워지도록 엄청나게 고민하다가, 에라, 모르겠다 하고 그냥 나와 버렸지."

나는 홀가분하게 웃는 우렁이를 물끄러미 바라봤다. 고민 밖으로 성큼성큼 나온 우렁이. 커다란 머리 타래가 무척이나 가뿐해 보였다. 어쩐지 내 어깨도 가벼워진 느낌이 들었다. 나는 속삭이듯 대답했다.

"고마워. 용기를 내 줘서."

우렁이는 얕은 한숨을 쉬고는 두 손을 맞잡고 교실을 둘러봤다. 손바닥 사이에서 마른 흙이 우수수 떨어졌다.

"너희 재미있어 보이더라. 나도 내 친구들에게 돌아가고 싶어."

"네 친구? 어디에 있는데?"

"나 원래 저런 곳에 살거든……."

우렁이가 손을 들어 창밖을 가리켰다. 교실 창문 너머로 물이 가득 찬 논이 보였다. 논물에 하늘빛이 푸르게 어룽거렸다. 지호가 나직하게 중얼거렸다.

"그래. 우렁이는 논에 산다고 했지."

우렁이는 창밖 풍경에 빠져들 듯 햇빛이 일렁이는 논을 바라봤다. 멀리서부터 바람이 불어와 우렁이의 머리칼을 흔들었다. 우렁이는 눈을 감고 숨을 크게 들이쉬더니 말했다.

"내가 돌아가서…… 사람들이랑 마니토라는 걸 해 봤다고 하면 다들 믿지 못할 거야. 아마 마니토가 뭔지도 모를걸?"

"그러면 네가 알려 주면 되겠네."

해인이의 말에 우렁이는 고개를 힘차게 끄덕였다. 거대한 머리 타래가 쏟아질 듯 출렁거렸다. 머리 타래가 휘청이자 지호가 한 발 물러서서는 말했다.

"근데 논으로 가는 길에 다른 사람들하고 마주치면 어떻게 해? 우리야 비밀을 지켜 줄 수 있지만, 다들 의심스럽게 생각할 텐데."

우렁이는 뭔가를 생각하는 표정으로 자기 머리를 토닥토닥 두드렸다. 흔들리던 머리 타래는 금세 자리를 잡았다. 우렁이는 나를 돌아보며 물었다.

"혹시 내가 원래 모습대로 돌아가면, 날 논에 데려다줄 수 있니?"

"물론이지. 걱정하지 마."

나는 얼른 대답했다. 우렁이는 미소 지으며 고개를 끄덕였다. 그 미소가 '안녕'이라고 말하는 것 같아서, 나는 괜히 빈 주머니를 뒤적거렸다. 어쩐지 이대로 보내기가 아쉬웠다. 나도 선물을 주면 좋을 텐데. 우렁이는 내 생각을 읽은 듯 말했다.

"너는 이미 선물을 줬잖아. 배추 말이야."

우렁이는 생긋 웃고는 해인이와 지호를 돌아보며 말했다.

"참, 너희에게도 선물을 줄게."

우렁이는 양손을 커다란 머리카락 속으로 집어넣더니 무엇인가를 쥐어 냈다. 우렁이가 주먹 쥔 손을 내밀자 해인이와 지호가 엉거주춤 손을 펼쳤다. 우렁이는 두 아이의 손바닥에 조심스럽게 무엇인가를 올려놓았다. 그것은 축축한 진흙 한 움큼과 하얀 조약돌이었다.

해인이와 지호는 흙투성이가 된 손바닥과 우렁이를 번갈아 바라봤다. 나는 입술을 깨물고 웃음을 꾹 참았다.

"만나서 반가웠어."

우렁이는 우리 모두를 보며 눈인사하고는 다시 쪼그려 앉았다. 우렁이의 몸이 점점 작아지더니 어느새 고동색 머리타래와 초록색 이끼 원피스만 남았다. 다음 순간 이끼는 고동색 타래 속으로 빨려들 듯 사라졌다. 덩그러니 남은 타래는 점점 작아지다가, 어느새 아주 작은 껍데기가 되었다.

껍데기 속에서 우렁이가 고개를 빼꼼 내밀었다. 나는 우렁이를 조심스럽게 집어 채집통에 넣었다. 무슨 마법에라도 걸린 듯한 기분이었다. 해인이와 지호, 나는 잠시 멍하니 서로를 바라봤다. 내가 먼저 말했다.

"얘는 내가 논에다 잘 데려다줄게."

나는 채집통을 소중하게 들고 지호와 해인이와 함께 교실을 나섰다. 해인이가 문득 말했다.

"아, 맞아. 내일 마니토 다시 뽑자고 해야겠다."

그 순간 채집통 속의 우렁이가 더듬이를 치켜들었다. 나와 우렁이는 서로를 바라봤다. 우렁이의 눈웃음이 눈에 보이는 듯했다. 나는 속삭이듯 말했다.

"너만큼 좋은 비밀 친구는 없을 거야."

"에이, 내일 마니토 다시 뽑으면 그게 더 재미있을걸?"

해인이가 웃으며 말했다. 그 말을 듣는 순간 가슴이 두근

두근 뛰었다. 누군가의 비밀 친구가 된다니 정말 설렜다. 나는 문득 빈 교실을 돌아봤다. 내가 몰래 준 선물을 보고 배시시 웃을 누군가의 모습이 떠올랐다. 나도 모르게 미소가 지어졌다.

"내 마니토는 진짜 행복하게 해 줘야지."

사람을 찾습니다
김혜진

누가, 언제, 어디서, 무엇을, 어떻게, 왜. 이 여섯 가지를 육하원칙이라고 합니다.

추리 소설에서는 보통 육하원칙 중 '누가'를 찾는 게 목표가 됩니다. '네가 범인이지!' 하고 찾아내면 끝이 나요. 4학년들이 수수께끼 같은 사건을 해결해 나가는 이번 이야기 역시 '누가'를 찾는 내용입니다. 그렇지만 주인공 두 사람은 조금 다르게 행동합니다.

유겸은 '언제', 어디서', '어떻게'를 알게 되자 '누가'는 몰라도 된다며 추리를 끝내고, 박채이는 '누가'를 찾고도 '왜'까지 알고 싶어 합니다. 이렇게 성격도 다르고 친하지도 않은 두 사람의 추리가 합쳐져 사건은 만족스럽게 해결되지요.

육하원칙은 그래서 재밌습니다. 중요한 것을 알아내려면 중요해 보이지 않는 것들을 봐야 한다는 점에서, 결국은 모든 요소가 연결되어 답이 된다는 점에서 말이에요.

머릿속이 복잡할 때, 어떻게 시작해야 할지 모르겠을 때 육하원칙을 생각해 보세요. 하나씩 차근차근 답하다 보면 어느새 길이 눈앞에 보일 거예요.

(참, 둘의 활약은 학년이 바뀌어도 계속됩니다. 『레벨 업 5학년』에서 5학년이 된 두 친구가 맞닥뜨린 또 다른 사건 이야기를 읽을 수 있답니다!)

4학년이 되면
이재문

농담 삼아 (천)4학년이라는 말을 합니다. 4학년은 전과 달리 부쩍 커서 할 수 있는 일이 많아지고, 학교에서도 동생들에게 모범이 된다고요. 여러분도 동의하나요?

저는 4학년을 좋아합니다. 제가 만난 4학년 친구들은 무엇을 하든 눈빛을 반짝였고, 유쾌했으며, 심지어 먼저 다가와 저에게 말 걸어 주었어요. 4학년만이 가진 독특한 에너지는 자석 같아서 절로 눈길이 갑니다.

4학년이 되면, 문턱을 하나 넘는다고 생각합니다. 속도는 다르겠지만 저마다의 방식으로요. 여러분은 어떤 마음으로 4학년을 맞이하고 있나요? 두려움, 설렘, 기대, 걱정과 까칠함까지. 어떤 감정이든 괜찮아요. 그저 신발 끈을 적당히 묶고 문 너머 새로운 길을 걸어가는 거예요. 장담컨대, 틀려도 괜찮고, 실수해도 괜찮고, 실패해도 괜찮아요. 여러분은 마침내 잘 해낼 거예요. 그리고 좀 못하면 어때요? 4학년이잖아요. 그것만으로 이미 충분해요.

우주 브로콜리는 지구를 정복하지 않아
문이소

솔직히 고백하건대 저는 '강낭콩 키우기'를 실패했어요. 강낭콩 두 알을 심었는데 암만 기다려도 싹이 안 텄어요. 콩이 안 좋아서 그런가, 세 알을 더 심었는데 마찬가지였어요. 혹시 흙이 안 좋아서 그런 걸까, 비싼 새 흙에 통통 불린 강낭콩을 심었어요. 드디어 떡잎이 나왔어요! 곧 번듯한 본잎도 났고요. 쑥쑥 잘 크는 게 너무 예뻐서 물을 흠뻑 줬더니 아 글쎄, 또 죽었지 뭐예요. 흙에 물이 너무 많아서 뿌리가 썩어 버렸대요. 그래서 어쩔 수 없이 뒷산과 이어진 달빛 광장 놀이터에 사는 터줏대감 고양이에게 부탁했어요. 언제고 비쩍 마른 막대기가 나타나 말을 시키면 꼭 알려 달라고, 나한테는 정말 중요한 일이라고요. 고양이가 제대로 알아들었는진 모르겠네요. 여러분은 강낭콩 키우기 꼭 성공하세요. 광막한 우주에서 오직 우리의 지구에만 있는 초록 생명과 함께 아름다운 추억 만들길 바랍니다.

우리는 둥글게 둥글게
이나영

저는 '우리'라는 단어를 좋아해요. 따뜻하고 다정하지요. '우리'를 생각하면 '동그라미'가 떠오르고요. 이 이야기의 시작은 '우리'와 '동그라미'였어요. 어린이들이 '우리'가 되어 둥글게 둥글게, 누구 하나 외롭지 않게 지내기를 바라는 마음이었나 봐요.

하지만 우리는 잘 알고 있지요. 매일이 동그라미일 수는 없다는 것을요.

때로는 새로운 도전 앞에서 움츠러들기도 하고요. 가까운 친구에게 서운함을 느끼기도 해요. 또, 지난날의 아픈 기억이 떠올라 앞으로 나아갈 수 없기도 하지요. 그럴 땐 내 마음을 잘 들여다보고 이야기하고 누군가에게 도와달라고 손 내밀었으면 좋겠어요. 그 누군가는 도와달라는 손을 기꺼이 잡아 주고요. 그게 동그라미의 마음인 것 같아요.

우리, 동그라미의 마음으로 지금 옆에 있는 사람과 손을 잡아 볼까요?

너는
나의 우렁
채은하

누군가와 친구가 된다는 건 참 신기한 일인 것 같아요. 가장 큰 기쁨과 용기를 주는 것도 친구고, 때로 아픔과 슬픔을 주는 것도 친구죠. 그래서 새로운 친구를 만나게 될 때마다 가슴이 뛰고 설레면서도 한편으로는 긴장도 되잖아요. 여울이처럼 마음 아픈 일을 겪고 나면 긴장은 걱정으로 커지기도 하고요.

두려움에 갇힌 여울이의 마음이 쑥쑥 자라길 바라면서 이 글을 썼어요. 옳은 건 옳다, 그른 건 그르다 말할 줄 알고, 곤란한 친구를 서슴없이 도와주는 반 친구들이 있어서 참 다행이지요. 4학년이란 그렇게 좋은 일을 아주 잘 해낼 수 있는 시기니까요.

혹시 속상한 일이 생기더라도 씩씩하게 이겨 내기로 해요. 때로는 용감하고 엉뚱한 우렁이를 만나는 행운이 찾아오길 바라요. 진흙투성이 선물을 받게 되더라도 너무 놀라지 마시길!

세은하

강혜진

이나영

문아소
2024.02

4학년은 새로운 무언가 시작되지.
너의 4학년을 응원해!
2024년 봄.♡

이재윤

스콜라 어린이문고 40

라이징 4학년

초판 1쇄 발행 2024년 3월 13일 **초판 2쇄 발행** 2024년 8월 30일

글 김혜진 이재문 문이소 이나영 채은하
그림 메
펴낸이 최순영

어린이 문학 팀장 박현숙 **편집** 정지혜
키즈 디자인 팀장 이수현 **디자인** 검정글씨 민희라

펴낸곳 (주)위즈덤하우스 **출판등록** 2000년 5월 23일 제13-1071호
주소 서울특별시 마포구 양화로 19 합정오피스빌딩 17층
전화 02) 2179-5600 **내용문의** 02) 2179-5781
홈페이지 www.wisdomhouse.co.kr **전자우편** kids@wisdomhouse.co.kr

ⓒ 김혜진 이재문 문이소 이나영 채은하·메, 2024

ISBN 979-11-92655-66-6 74800
       978-89-6247-332-2 (세트)